泉州文庫

選中題

（清）阮旻錫 著

何丙仲 點校

夕陽寮存稿

泉州文庫整理出版委員會

前　言

　　泉州建制一千三百多年，爲中國歷史文化名城和古代海外交通的重要港口。"比屋弦誦，人文爲閩最"，素稱海濱鄒魯、文獻之邦。代有經邦緯國、出類拔萃之才，歐陽詹、曾公亮、蘇頌、蔡清、王慎中、俞大猷、李贄、鄭成功、李光地等一大批傑出人物留下了大量具有歷史、文學、藝術、哲學、軍事、經濟價值的文化遺產。據不完全統計，見載於史籍的著作家有一千四百二十六人，著作多達三千七百三十九種，其中唐五代二十九人三十二種，宋代二百人三百九十一種，元代二十一人四十種，明代五百三十六人一千五百八十五種，清代六百四十人一千六百九十一種；收入《四庫全書》一百一十五家一百六十四種，《四庫全書存目叢書》五十六家七十四種，《續修四庫全書》十四家十七種。二〇〇八年國務院頒布第一批國家珍貴古籍名錄，屬泉人著述、出版者十三種。

　　遺憾的是，雖然泉州典籍贍富，每一時代都有一批重要著作相繼問世，但歷經歲月淘汰、劫難摧殘，加上庋藏環境不良，遺存至今十無二三，多成珍籍孤本。這些文化遺產，是歷史的見證，是泉州人民同時也是中華民族的寶貴文化財富，亟待搶救保護，古爲今用。

　　對泉州地方文獻的搜集與整理，最早有南宋嘉定年間的《清源文集》十卷，明萬曆二十五年《清源文獻》十八卷繼出，入清則有《清源文獻纂續合編》三十六卷問世。這些文獻彙編，或已佚失，或存本極少。二十世紀四十年代，泉州成立"晋江文獻整理委員會"，準備整理出版歷代泉人著作，因經費短缺未果。八十年代，地方文史界發起研究"泉州學"，再次計劃編輯地方文獻叢書，可惜後來也因爲各種條件的限制，其事遂寢。但是這兩次努力，爲地方文獻叢書的整理出版做了準備，留下了珍貴的文獻資料和書目彙編。

　　二〇〇五年三月，中共泉州市委、泉州市政府決定將地方文獻叢書出版工作列爲國民經濟和社會發展第十一個五年規劃的一項文化工程。翌年,正式成立"泉州地方典籍《泉州文庫》整理出版委員會",着手對分散庋藏於全國各大圖書館及民間的古籍進行調查搜集,整理出《泉州文庫備考書目》二百六十七家六百一十四種,以後又陸續檢索出遺漏書目近百家一百八十餘種。經過省內外專家學者多次論證,最後篩選出一百五十部二百五十餘種著作,組成一套有一定規模、自成體系、比較完整,可以概括泉人著作風貌、反映泉州千餘年文化發展脈絡的地方文獻叢書,取名《泉州文庫》,二〇一一年起陸續出版發行。

整理出版《泉州文庫》的宗旨是:遵循國家的文化方針政策,保護和利用珍貴文獻典籍,以期繼承發揚中華民族優秀文化傳統,增進民族團結,維護國家統一,提高民族自信心和凝聚力,加強社會主義核心價值體系建設,增強文化軟實力,爲泉州的物質文明和精神文明建設服務。

《泉州文庫》始唐迄清,原著點校,收錄標準着眼於學術性、科學性、文學性、地域性、原創性、權威性,具有全國重要影響和著名歷史人物的代表作優先。所錄著作涵蓋泉州各縣(市、區),包括金門縣及歷史上泉州府屬同安縣,曾在泉州任職、寄寓、活動過的非泉籍人氏的作品,則取其內容與泉州密切相關的專門著作。文庫採用繁體字橫排印刷,內容涉及政治、經濟、歷史、地理、哲學、宗教、軍事、語言文字、文化教育、文學藝術、科學技術等領域,其中不乏孤稀珍罕舊槧秘笈,堪稱溫陵文獻之幟志。

值此《泉州文庫》出版之際,謹向各支持單位、個人和參加點校的專家學者表示誠摯的感謝!由於涉及的學科和內容至爲廣泛,工作底本每有蛀蝕脫漏,加之書成眾手,雖經反復校勘,但限於水平,不足或錯誤之處還是難免,敬請讀者批評指教。

泉州地方典籍《泉州文庫》整理出版委員會
二〇一一年三月

整 理 凡 例

一、《泉州文庫》(以下簡稱"文庫")收錄對象爲有關泉州的專門著作和泉州籍人士(包括長期寓居泉州的著名人物)著作,地域範圍爲泉州一府七縣,即晋江(包括現在的晋江市、石獅市、鯉城區、豐澤區、洛江區)、南安、惠安(包括泉港區)、同安(包括金門縣)、安溪、永春、德化。成書下限爲一九四九年九月以前(個別選題酌情下延)。選題内容以文學藝術、歷史、地理、哲學、政治、軍事、科技、語言教育等文化典籍爲主,以發掘珍本、孤本爲重點,有全國性影響、學術價值高、富有原創性著作優先,兼及零散資料匯總。

二、每種著作盡量收集不同版本進行比較,選擇其中年代較早、内容完整、校刻最精的版本爲工作底本,并與有關史籍、筆記、文集、叢書參校,文字擇善而從。

三、尊重原著,作者原有注釋與説明文字概予保留。後來增加者,則視其價值取捨。

四、凡底本訛誤衍漏,增字以[ ]表示,正字以( )表示,難辨或無法補正的缺脱文字以□表示,明顯錯字徑直改正,均不作校記。

五、凡底本與其他版本文字差異,各有所長,取捨兩難,或原文脱訛嚴重致點讀困難,或史實明顯錯誤者,正文仍從底本,而於篇末校勘記中説明。

六、凡人名、地名、官名脱誤者,均予改正,訛誤而又查不到出處之人名、地名、官名及少數民族部落名同異譯者,依原文不予改動。

七、少數民族名稱凡帶有侮辱性的字樣,除舊史中習見的泛稱以外,均加引號以示區别,并於校記中説明。

八、標點符號執行一九九六年實施的國家《標點符號用法》。文庫點校循新版二十四史及《清史稿》例,一般不使用破折號和省略號。

九、原文不分段者，按文意自然分段。

十、凡異體字、俗體字、通假字，如非人名、地名，改動又無關文旨者，一般改爲通用字；異體字已經約定俗成、容易辨認者不改。個別著作爲保持原本文字語言風貌，其通假字則不校改。

十一、避諱字、缺筆字盡量改正。早期因避諱所產生的詞彙成爲習慣者不改正。

十二、古籍行文中涉及國家、朝廷、皇帝、上司、宗族等所用抬頭格式均予取消。

十三、文庫一般一册收錄一種著作，篇幅小的著作由兩種或若干種組成一册，篇幅大的著作則分成兩册或若干册。

十四、文庫採用橫排、繁體字印刷出版。每册前置前言、凡例。每種著作仿《四庫全書》提要之例，由編者撰寫《校點後記》，簡略介紹作者生平、著作內容及評價、版本情況，說明其他需要說明的問題。

泉州地方典籍《泉州文庫》整理出版委員會辦公室

二〇〇七年二月五日

目　　錄

夕陽寮存稿 …………………………………………… 1

補遺一　清源詩會編 ………………………………… 119

補遺二　輯佚 ………………………………………… 137

校點後記 ……………………………………………… 147

夕陽寮存稿

目　　録

夕陽寮存稿卷一（原缺）

夕陽寮存稿卷二（原缺）

夕陽寮存稿卷三 …………………………………………………… 21

　七言古詩上 ……………………………………………………… 21

　　淮南王 ………………………………………………………… 21

　　佛郎機 ………………………………………………………… 21

　　髑髏歎 ………………………………………………………… 21

　　孤兒行 ………………………………………………………… 21

　　妖狐行 ………………………………………………………… 22

　　捕魚郎 ………………………………………………………… 22

　　東海謠 ………………………………………………………… 22

　　孝婦吟 ………………………………………………………… 22

　　義狗行 ………………………………………………………… 22

　　還金歌 ………………………………………………………… 23

　　憶清溪 ………………………………………………………… 23

　　重九前一日酒中有感,效李長吉體 ………………………… 23

　　送拙公還隱山 ………………………………………………… 23

　　松亭夜飲 ……………………………………………………… 23

　　晨雀行和黄訥園少參韻 ……………………………………… 23

　　四十歌有序 …………………………………………………… 24

　　大風行 ………………………………………………………… 24

3

九日大慈仁寺暮歸,適漢雪道人見訪	24
題黃雨峰墨荷圖	25
讀陳伯熊母氏秦孺人家傳題贈	25
報國寺矮松歌	25
七夕詞次韻	25
絡緯吟次韻	25
贈林公兆	25
讀先輩李蓑妓鋤田行漫賦	26
同紀伯紫、沙定峰飲黃天濤寓齋,客有吹韭葉爲百鳥聲者,感賦	26
錢礎日十峰草堂歌	26
宿邯鄲	27
端陽有感	27
綏草軒雨中即景,用東坡清虛堂韻	27
再疊清虛堂韻	27
三疊清虛堂韻,寄諸同人索和	28
甲寅正月連日大雪,和杜少陵前苦寒行二首	28
二月大雪積旬不已,和後苦寒行二首	28
十二辰歌	28
丙辰元夜,用高青丘韻	29
保明寺謁東來女大師	29
墨繡鍾馗抱子圖爲襲伯鄭念寔題	29
題鄭念寔木筆鳴鳩圖	30
寄吳蕤園	30
讀書吟	30
雪中即景	30
月蝕	30

喜雪和丁雁水樞部,用歐陽公聚星堂韻 ………………………… 31

　　詹峨士將卜居建陽,用朱晦菴武夷唱和韻奉送 …………………… 31

　　送鄭哲弢回閩 ………………………………………………………… 31

　　抑戒堂席上聽薛、李二生歌遯園先生絕句,長歌侑之 …………… 32

夕陽寮存稿卷四 …………………………………………………………… 33

　七言古詩下 ……………………………………………………………… 33

　　宣鑪歌 ………………………………………………………………… 33

　　予既作宣鑪歌,鄭遠哲有詩見贈,賦答 …………………………… 33

　　龍尾研歌 ……………………………………………………………… 33

　　蕉葉白端研歌戲呈黃德臣方伯 ……………………………………… 34

　　畢率東採西山寶珠洞石爲研,將以其一見遺,詩以迎之 ………… 34

　　端石研歌 ……………………………………………………………… 34

　　鶺鴒歌 ………………………………………………………………… 35

　　白翎雀 ………………………………………………………………… 35

　　諸陵 …………………………………………………………………… 35

　　清明次杜少陵韻 ……………………………………………………… 36

　　玉泉山次韻 …………………………………………………………… 36

　　西湖 …………………………………………………………………… 36

　　昌化寺壁,吳小僊畫五百阿羅漢歌 ………………………………… 37

　　聖水寺贈荺中上人 …………………………………………………… 37

　　盧師山 ………………………………………………………………… 37

　　林衡署古松歌 ………………………………………………………… 37

　　過石景山感舊 ………………………………………………………… 38

　　上方山旱龍潭 ………………………………………………………… 38

　　盤山掛月峰晚眺 ……………………………………………………… 38

　　銀山說法臺逢大爲上人賦贈 ………………………………………… 38

明因寺唐貫休羅漢畫軸歌有序 …… 38

祈公璧爲予小像，長歌酬之 …… 39

恒山道人詩册爲鄭念叟題 …… 39

送曾幼昭南歸 …… 39

贈周雪客 …… 40

留別黃俞邰史館 …… 40

鷺門王氏五世同居詩 …… 40

同崔玉及蔣馭鹿、江次山登黃鵠磯，分賦得空洲芳草 …… 41

艾謙六和蓮池大師雪偈五韻見寄，依韻奉答二首 …… 41

江梅篇有序 …… 41

詠垂絲海棠，次東坡定惠院海棠韻 …… 42

送春詞 …… 42

夕陽寮存稿卷五 …… 43

五言律詩上 …… 43

詠薇次韻 …… 43

清溪旅病，寄江宮其、賴惟永 …… 43

浦頭社日 …… 43

安昌城上晚眺 …… 43

釣臺 …… 43

岳墳 …… 44

八月十五夜月二首 …… 44

暮春旅興四首 …… 44

渡白溝河 …… 44

泗州 …… 45

虞姬墓 …… 45

過趙州 …… 45

宿古葉縣	45
寄許水客	45
懷賴惟永	45
蟬	46
海蚶	46
病僮和韻	46
臨大觀帖	46
和沙定峰憶江南六首	46
九月十九夜雪	47
訪漢雪先生感舊	47
春日偶成二首	47
次和丁雁水民部見贈四首	47
初度答沙定峰見贈	48
羲士自津門過訪次韻	48
通州晤鄭荆璞	48
癸丑除夕和丁韜汝二首	48
送友人西行	49
題王美厥羽聲集	49
游壽安山	49
宿來青軒	49
廣泉寺	49
新法海寺	49
龍泉寺華嚴祖師畫像	50
遊上方山兜率院，遂登朝陽洞看泉，次韻	50
盤山宿李靖菴	50
桃源邨	50

同鄭哲象宿昌平南口 ································· 50

保安州 ··· 50

同林穆之、趙積生、趙松一、王弘導、王憲尹、胡載眉、邵升吉、王虹友、
　顧商枚、胡廷一集車靜淵宅分韻 ····················· 51

送林穆之往丁雁水樞部通惠河署，兼訂盤山之遊二首 ······· 51

九日同周聞仲過金魚池訪陳元詹刺史，用杜少陵韻 ········ 51

木瓜次韻 ··· 51

詠冰次韻 ··· 51

送鄒元煥回江南 ··································· 51

春雪次韻 ··· 52

寄蒼林大師 ······································· 52

過西莊次陳位五韻 ································· 52

四女樹 ··· 52

過張山人園 ······································· 52

鰣魚 ··· 52

宿芙蓉菴 ··· 53

送唐開藻御史予假旋里 ····························· 53

過鶯門二首 ······································· 53

賦得冬熱鴛鴦病 ··································· 53

李時行以公車入都，因得讀其雪爪居全集。時予將南遊，荷承
　別章，次韻奉答四首 ······························· 53

鄭州 ··· 54

贈泰山石堂和尚 ··································· 54

黃健可招同何日千、黃麗芳遊明湖，用杜韻二首 ··········· 54

寄懷鄭山公大銀臺 ································· 54

憎鼠 ··· 55

夕陽寮存稿卷六 …… 56

五言律詩下 …… 56

舟泊鉛山河口感舊 …… 56

過鵝湖山下 …… 56

舟泊鄔穴鎮遇風 …… 56

宿湖口 …… 56

螺磯廟 …… 56

武昌尉謝豐亭邀遊寒溪不果，賦答 …… 57

哭鄭肯公 …… 57

哭二弟業 …… 57

三弟煥尋予鄂渚，仍有粵西之遊，先遣舍姪儼還閩 …… 57

寓黃龍寺，雨夜有懷，次丁雁水廉使韻十首 …… 57

印山大師回金陵，以十月三十夜舟沉黃石磯，丁勗菴有書走報，
爲之慟哭 …… 58

秋月 …… 59

秋雨 …… 59

秋霜 …… 59

秋濤 …… 59

秋鴻 …… 59

秋蛩 …… 59

秋蝶 …… 59

秋蓬 …… 60

秋笳 …… 60

秋鐘 …… 60

秋燈 …… 60

秋病 …… 60

秋戍	60
秋砧	61
蔣玉淵移居二首	61
羅魯峰尊人七十	61
寒夜	61
送丁雁水廉使暫回金陵，時有姚安守之命，兼訊其弟韜汝二首	61
送林公韞同丁雁水廉使往金陵，便道回閩二首	62
寄懷鄭荊璞少府，兼以爲壽四首	62
喜雪	62
雪晴	62
寄食	63
戊辰除夕	63
己巳元日	63
元夜	63
次韻答贈吳香爲先輩	63
雨中同蔣玉淵、江次山重集崔玉及寓齋分韻	63
傅介如參軍邀泛秦淮次韻二首	64
移椿	64
鳳陽道中	64
亳州	64
潁上	64
熊耳山初祖塔院	64
[題原缺]	65
舟次郊郢，送佘可六孝廉回粵	65
有感	65
虎牙關	65

從白龍潭至蒼霖觀 ………………………………………… 65

同何洛賓、張松舟看蒙、惠二泉 ……………………………… 65

金河社 …………………………………………………… 65

過蘄州 …………………………………………………… 66

癸酉人日,同蔣波澄集素園抑戒堂,得晴字 …………………… 66

金山寺二首 ……………………………………………… 66

夕陽寮存稿卷七 ……………………………………………… 67

七言律詩上 …………………………………………………… 67

登太武山 ………………………………………………… 67

宿萬石巖,偶得孤月夜懸雙石壁之句,因足成之 ……………… 67

落花和韻三首 …………………………………………… 67

微雨 ……………………………………………………… 67

讀陳白雲詩 ……………………………………………… 68

孤山放鶴亭次壁間韻 …………………………………… 68

舟次吳江 ………………………………………………… 68

邯鄲道上墜驢傷臂,臥牛車中,過黃粱夢誌感 ………………… 68

銅雀臺 …………………………………………………… 68

戊申中秋,舟泊洪塘,同陳貢士學夔拈韻 …………………… 68

與鄭仲尹、郭異伯話舊 …………………………………… 69

放雲道人輓詩 …………………………………………… 69

戊申除夕 ………………………………………………… 69

送陳伯熊之遼東 ………………………………………… 69

買花 ……………………………………………………… 69

得家書 …………………………………………………… 70

金臺讌集,同沙定峰、郁東堂、趙松一、顧仲光、黃天濤、劉長康、

毛亦史、徐扶令、許雲石分得生字 ……………………… 70

次韻答劉長康留別	70
己酉除夕	70
病起和林孝穆悶詩	70
花朝同林孝穆限韻	70
送林孝穆還梁山二首	71
贈黃原虛	71
送毛亦史還婁東	71
漢雪道人輓詩	71
碧雲寺	71
香山寺	71
重九從雙林寺至大慧寺,暮歸有作	72
夏日書懷和韻五首	72
聞簫同丁雁水樞部分韻	72
夜坐讀書,以油代臘,偶成二律	73
晝睡	73
贈覃湜白	73
立春日偶成	73
癸丑元日	73
暮春遣興	73
佛手柑	74
秋興四首	74
吳千甫送法製何首烏	74
千佛寺坐蒼師房同拈韻	74
芍藥次韻	75
白菊次韻	75
董蒼水以浮湘草、度嶺編見示,兼有贈句,次韻奉答	75

林穆之旅殯通州給孤寺,其子公韞遠來扶櫬,作哀歌行漫題其後 …… 75

　　燈花限韻二首 …………………………………………………………… 75

　　柳花限韻二首 …………………………………………………………… 75

　　己未元日次韻,寄侯大年、周翼微 …………………………………… 76

　　傅自遠孫愷似同過鄭遠公齋頭,用前韻 ……………………………… 76

　　惆悵詩和韻八首 ………………………………………………………… 76

　　五日寄朱冠侯 …………………………………………………………… 77

夕陽寮存稿卷八 ……………………………………………………………… 78

　七言律詩中 ………………………………………………………………… 78

　　瓊島春雲 ………………………………………………………………… 78

　　太液晴波 ………………………………………………………………… 78

　　西山霽雪 ………………………………………………………………… 78

　　玉泉垂虹 ………………………………………………………………… 78

　　金臺夕照 ………………………………………………………………… 78

　　盧溝曉月 ………………………………………………………………… 79

　　居庸疊翠 ………………………………………………………………… 79

　　薊門烟樹 ………………………………………………………………… 79

　　南囿秋風 ………………………………………………………………… 79

　　東郊時雨 ………………………………………………………………… 79

　　從翠微寺登寶珠洞 ……………………………………………………… 79

　　暮宿戒壇 ………………………………………………………………… 79

　　仰山寺次萬松老人韻 …………………………………………………… 80

　　上方山兜率寺次壁間韻二首 …………………………………………… 80

　　與僧坐溪石松風間,意甚清泠,拈東坡雪韻同賦 …………………… 80

　　盤山絶頂次戚南塘韻 …………………………………………………… 80

　　銀山法華寺和謝玉路韻二首 …………………………………………… 80

13

庚寅春南歸，施琢公將軍有詩餞別，奉答	81
舟過雙塘，同鄭哲象作	81
庚申閏八月，予同鄭哲象到虔州，與翁伯芳同寓大悲閣，留連匝月。時哲象欲返都門，伯芳有山右之行，予將歸夕陽山舍，雨夜淒然，因題八句	81
遊金精洞	81
登官人山	81
翠微峰訪魏和公不值	81
林子濩過訪，有詩見贈，次韻奉答二首	82
鄭鶴生招同鄭哲弢過樸上人寄杖菴，與檀上人同拈韻	82
魏冰叔輓詞	82
哭鄭侯信公	82
次韻答陳豐齋，時聞鄭信公之訃	82
無題五首	83
題鄭念實慎園次韻二首	83
題蒼林大師邃園	83
贈一化法師	84
七夕讌集和韻二首	84
中秋雨晴得月和韻二首	84
塵	84
眼鏡二首	84
壬戌除夕，同陳鄰公少參拈韻	85
癸亥元夜，同黃德臣方伯、鄭荊璞郡丞、周聞仲州佐同集天寧寺拈韻	85
過施仁伯新齋	85
送周聞仲回和州	85

禊日 …… 85

　　直齋夜讌喜雨同限韻 …… 86

　　贈印山上人 …… 86

　　送張真人還山二首 …… 86

　　送周東侯遊閩二首 …… 86

夕陽寮存稿卷九 …… 87

　七言律詩下 …… 87

　　山菴秋梵八首 有序 …… 87

　　癸亥除夕 …… 88

　　甲子元旦用舊韻 …… 88

　　人日 …… 88

　　元夜 …… 88

　　丁雁水觀察入都，有詩見贈，次韻奉答二首 …… 88

　　從寶華唯一和尚于慈隆戒壇完具有作 …… 89

　　送香女入道 …… 89

　　同張錫卣、鄒元煥宿司業達公齋堂，同限韻 …… 89

　　送魏子函南歸 …… 89

　　蠅 …… 89

　　蚊 …… 90

　　以端研贈鄭肯公 …… 90

　　歷山 …… 90

　　虞帝廟 …… 90

　　七忠祠 …… 90

　　白雪樓 …… 90

　　己丑除夜疊前韻 …… 90

　　丙寅元旦 …… 91

人日	91
元夕	91
送黃定可少府回杭署	91
新柳詩	91
趵突泉次趙松雪韻四首	91
同王秋史、鄭遠公遊龍洞山，次李滄溟韻四首	92
題黃健可敬軒和韻	92
金陵懷古二首	93
登清涼山絕頂，次李素園少參韻二首	93
雞鳴寺	93
燕子磯	93
長干塔燈，次龔文思韻二首	93
信州一杯亭	94
接巘	94
南巖次朱文公韻	94
黃鶴樓	94
洪山寺	94
鐵佛寺	94
黃龍寺感懷，呈廉使丁雁水四首	95
徐子星方伯過寺相訪，有詩見贈，次答	95
晤鄭荊璞于清風書院話舊有感	95
張夏鍾留寓武昌，過訪賦贈	95
丁勖菴將遊湖南，過寺言別，賦贈	96
同蔣玉淵、林公韞重遊洪山寺	96
重登黃鶴樓	96
冬日即事，同崔玉及、王耕書、蔣玉淵拈得陽字	96

送楚雲和尚歸攝山 ………………………………… 96

夕陽寮詩四首 并序 ………………………………… 96

李素園少參邀集遯園,次龔文思韻 ……………… 97

過廣陵,贈施潯江刺史 …………………………… 97

羅容菴大尹邀集西園,同沈訒遠、戚友石分得寬字 … 97

咸陽懷古 …………………………………………… 98

題柳聲軒 …………………………………………… 98

白雪亭和韻六首 有序 ……………………………… 98

白雪亭重和前韻六首 ……………………………… 99

重返金陵,聞丁雁水已復廉使,將自滇還吳,便道入京,因次杜少陵將赴成都草堂途中有作,先寄嚴鄭公韻五首 ………… 100

五月望日泛舟秦淮,夜觀燈船,同黃去非、丁獻汝作 ………… 100

夕陽寮存稿卷十 ……………………………………… 101

五言排律 ………………………………………… 101

施懷一百韻 ………………………………………… 101

石鼓 ………………………………………………… 102

送曾則通歸峽江 …………………………………… 103

七言排律 ………………………………………… 103

寄姚安刺史丁雁水 ………………………………… 103

夕陽寮存稿卷十一 …………………………………… 104

五言絕句 ………………………………………… 104

初有菴二首 ………………………………………… 104

廣陵 ………………………………………………… 104

曉過盧溝 …………………………………………… 104

寒月和韻二首 ……………………………………… 104

古別離 ……………………………………………… 104

禰鼓吏	104
阮步兵	105
陶處士	105
李謫僊	105
蘇學士	105
彈琴峽	105
昌平遇雨至沙河	105
清河暮歸	105
明妃怨	105
瓶花	105
砧聲	106
聞鴉	106
龍泉寺元妙嚴公主拜磚	106
摩訶菴	106
齋星陀	106
合掌石	106
修竹坪	106
銀山十景	106
郊行	107
以畫眉餉哲遠	107
風箏	107
麈	108
雲罩寺	108
送丘東侯北上，兼寄鄭遠齋二首	108
胡靜夫招遊北山看花不果	108
戴務旃、杜蒼畧、張南村集朱林脩宅	108

夕陽寮存稿卷十二

七言絕句

建溪舟次和韻 109

儜霞嶺 109

小竿嶺 109

杭州五日 二首 109

真娘墓 109

揚子江 109

早過滁州 110

與陳亦人話別 110

上谷歌 四首 110

納涼 110

瓦上霜和韻 110

點白香山集完，留贈哲象，因題卷後 110

碧雲寺 二首 110

萬壽寺鐘 111

慈壽寺 111

麥莊橋 111

仰山村 111

朝陽洞 111

斗笠泉 111

盤山定光佛塔 111

欲探白猿洞、儜人橋之勝，而遊客鮮有至者 二首 111

題盤山圖 112

花朝郭外偶占 112

讀宋宰甫填詞 112

玉簪花 …… 112
夏日偶成 …… 112
八達嶺 …… 112
出岔道口，狂風大作，杳無人煙，午後至小榆林堡 …… 112
宿土木 …… 112
觀碁六首 …… 113
送春 …… 113
夜聞鵰鳥 …… 113
重到芙蓉菴，定慧、靈玉二上人俱已化去，因銘其塔，題二絶句 …… 113
過鄱陽湖 …… 113
白臙脂花 …… 114
上元曲和韻四首 …… 114
遊偶園和韻二首 …… 114
詠佛手柑二首 …… 114
歷下別吳平子次韻二首 …… 114
哭鄭哲文四首 …… 115
晴川修禊二首 …… 115
題何信周孝廉、陳鶴屏中翰江行唱和詩百絶卷後 …… 115
雲間徐朧菴選詩風初集，中有秋烟絶句，不知何人作也，誤入予詩，其詩云：淡籠衰柳淺籠山，拂水穿林露未乾。幾度白雲迷渡口，西風吹散一天寒。因笑題一絶，仍和其詩 …… 115
和秋烟 …… 115
接丁韜汝來書，知秋烟絶句誤入余詩者，乃其舊作，重題一絶奉寄 …… 116

跋 …… 釋超全 117

夕陽寮存稿卷一（原缺）
夕陽寮存稿卷二（原缺）
夕陽寮存稿卷三

七言古詩上

淮南王

淮南王,好神仙。八公到門變童年,丹成相將飛上天。天高不可及,鷄鳴犬吠雲中立。至今惟有鼠拖腸,從未墜□人間泣。

佛郎機

佛郎機,乃是西洋島國之臣□。□□□,□□□□□□□。□□□□□□,□□□□□□□。天地開殺運,從古多戰争。此物入中國,三百年來自有明。流禍至今猶未已,塗毒幾百萬生靈。佛郎機,佛郎機,天運循環安得知?干戈不用包虎皮,大海自有永清時。

髑髏歎

哀哉枯髑髏,七十□萬堆路隅,壓以寶刹之浮圖。漳城被圍歲月久,城中括粟充軍糈。家家括盡粒米無,人飢相食死空衢。收檢髑髏數有此,行人過者爲嗟吁。上天降災禍,下土難逃逋。君不見海邊南北數千里,白骨蔽野空寒蕪。

孤兒行

孤兒泣路旁,馬前被驅如群羊。千村萬落焚蕩盡,此生那得見爺孃?孤兒縱北去,萬里關塞長。轉賣爲奴僕,鞭撻背生瘡。偶逢南中客,少小不相識。縱復憶家鄉,家鄉無處憶。春來陌上草芊芊,徒向江頭哭寒食。

妖 狐 行

妖狐變美婦,蠱惑主人心。豈無貞靜女,空房遺恨深。狐媚惑主主不知,移花接木亂本支。一朝骨肉相殘害,傍人乘釁宗社危。女寵賈禍事非一,聖賢修齊有良規。書此足爲後世戒,南山有狐正綏綏。

捕 魚 郎

捕魚郎,生海邊。網罟爲犁海爲田,得魚沽酒日安眠。殺害水族蛟龍懼,共訴海若奏帝天。一朝家室令遷徙,沿海村落無人烟。捕魚郎,昔居水涯今山巔。深山唯聞鳥雀喧,不復風波弄釣船。徒令肉食者,三載斷魚鮮。

東 海 謠

東海六月不行舟,颶風濁浪無時休。茫茫巨浸湖中嶼,下有萬丈之深溝。青天不動纖雷發,天晴十日片雲收。北船歌舞南舡愁,六鰲釣盡三山浮。蓬島僊人騎玉虬,來向上清宮闕遊。下視人間三千歲,冷然一夢若蜉蝣。

孝 婦　吟爲趙松一内人作。

兩刲股,心獨苦,在家事父歸事姑。良人歲暮阻江湖,姑嬰重疾天難呼。霜刀雪肉血縷縷,持以作羹肉可煮。父病夙瘳姑亦愈,至孝古無今僅有,歐家女兒趙家婦。

義 狗 行

孤城破,人逃走,楊氏一家餘五口。一時倉卒投井中,相隨入井有義狗。養狗尚能戀主人,如何養僕負主恩。君不見東家逃難出里門,僕挈其囊無一存,老稚凍餒卧荒邨。我欲拔劍斬此僕,惜哉馬隤車軸翻。相逢無俠客,陌路誰與言。

還　金　歌爲都民胡元禄作。

胡義士，家赤貧。衣生蟣虱甑生塵，拾得黃金持還人。京師名利地，白晝攫金常在市。胡義士，爾何癡，家有妻孥常苦飢。百金之產中人資，拾而不取將何爲？古有披裘公，六月負薪而披裘。遺金不拾，遺名不留，試問今人有此不？

憶　清　溪

去歲涉江秋欲暮，我行始識清溪路。清溪一曲山萬重，中有孤村藏春樹。我家清溪過半載，看盡溪花流無數。自從別卻山中人，卻往吳航江上住。江上秋來風雨多，廻望山中隔烟霧。

重九前一日酒中有感，效李長吉體

江城黯淡日將夕，畫堂華燭搖瓊席。碧霞春酒墜銀槽，綠螺紅轉真珠色。阿鬟二八彈清商，一聲裂破江雲白。江上老蛟騰素波，竹截湘魂吹向客。侵曉秋山登不登，茱萸落地少人跡。碧霞春，閩中酒名。

送拙公還隱山

建陽城外溪水深，建陽山下舊雲林。四月舟寒梅雨熟，拙公下溪來相尋。不見拙公十五載，鄉音猶是髥毛改。我欲携家上建陽，爲語雲峰遥相待。

松　亭　夜　飲

危峰半壓江城裏，高傍松陰構亭子。雨後欲看夕陽山，誰知夜月更清美。花前置酒坐深更，聽盡秋聲和雁聲。秋來何夜無明月，今宵月色是新晴。

晨雀行和黃訥園少參韻

有客有客來安昌，背郭臨溪營草堂，山深十月北風凉。有雀有雀巢畫梁，啾啾相聚語晨光,喚起主人開東廊。飢鷹不敢窺兩廂,主人與雀渾相忘。更無挾彈誰家郎,水田新熟稻粱香。雀暮歸巢我入房,山城更鼓夜何長。呼童有酒進一觴,滅燭就睡夢玄裳,忽然驚寤在他鄉。

四十歌有序

丙午冬,余客都門,年已四十,時而稱老,同輩殊不謂然。憶杜少陵云"四十明朝過,飛騰暮景斜",岑嘉州云"年紀蹉跎四十強,自憐白首始爲郎",白香山云"人生四十未全衰,我爲愁多白髮垂",歐陽公云"我時四十猶強仕,自號醉翁聊戲客"。四十稱老,古人已有然矣,知予今日正非戲說也。

少陵四十歎暮景,嘉州香山頭早白。更有廬陵號醉翁,四十在滁聊戲客。吾年四十稱老夫,每對朋儕被呵斥。壯心無奈久成灰,鏡裏容顏異疇昔。始信古人不我欺,慷慨長吟非過激。百年回首須臾間,身外虛名復何益。

大風行

燕山春暮風爲祟,晝夜昏昏不斷吹。赫然似逢天帝怒,一噎百昌心目悸。始自青蘋盛土囊,倏撼中原走萬騎。涿北燕南灰洞飛,行人牛馬塵封鼻。僊人輕拂六銖衣,石盡劫終壞大地。腐儒堅臥螺戶閉,天陰青楓痛右臂。兩朵荷葉百蟲鳴,一粒泥丸萬棘刺。支頤據坐愁呻吟,蟻鬥繩牀那得睡。憶昔壯年泛巨洋,輕舟一葉波中委。天邊黑點小于拳,雺忽瀰空狂颸至。疊浪排山百怪號,飄入鬼國等兒戲。天如覆釜客如魚,到今時猶駭夢寐。邇來身老薊門行,西北多風苦難避。瘦骨如柴帶葉枯,關元水竭陰火熾。焉得天衢凈纖埃,送目花明與柳媚。

九日大慈仁寺暮歸,適漢雪道人見訪

昨日來登古寺樓,今日重過古寺遊。僧院無人佛閣閉,人間空見重陽秋。有客遠自城闉出,歸問廚中有酒不?主人不飲客不去,客自高歌我自愁。

題黃雨峰墨荷圖

雨峰贈我墨荷圖,潑眼令我見西湖。十里荷花上素壁,越溪西子來姑蘇。平生愛荷看不足,醉後長歌採蓮曲。他年夜雨響西窗,却是茅堂紙一幅。

讀陳伯熊母氏秦孺人家傳題贈

孤燕飼雛傍高閣,春風幾度桐花落。吁嗟陳母撫雙孤,三十年中宛如昨。牀前嚙斷指痕新,君家傳後阿誰作?我昔避地居吳航,恨未一登君子堂。殘冬客舍燕山暮,雨雪逢君走遼陽。嗟予有母難終養,感君母沒情不忘。南望梨關六千里,暮雨啼鴉空斷腸。

報國寺矮松歌

老龍摧破僧繇壁,騰身飛落梵王宅。碧爪蒼髯不敢張,屈曲空庭低數尺。當時龍種推文皇,四海風雲隨指畫。宣府槐龍十丈高,江山幾處留遺跡。百年烟雨海濤青,五夜霜鐘秋月白。我傍松陰伸脚眠,謖謖松風吹日夕。寺裏雛僧掃落花,笑問龍鍾何處客。

七夕詞次韻

織女黃姑本獨處,誰傳七夕會牛女。耿耿天河徹夜明,烏鵲填橋在何許?閨中少婦愁別離,玉關夢斷共誰語?貪看雙星夜不眠,蛛絲空織簷前雨。

絡緯吟次韻

隴水分流凄復凄,絡緯秋宵啼復啼。空閨思婦坐歎息,十年征戍憶遼西。邊地草黃多白露,霜風乍起歲將暮。不是寒螿織作聲,征夫那得寄紈素?

贈林公兆

印章宗漢詩祖唐,後學無識妄矜誇。規模形象漸失真,掩覆聰明亦何取。

我昔國雍拜石鼓，肅瞻貫柳與維鱮。去年得見岣嶁碑，更探嶧山索詛楚。金石專門從昔難，歷代名家署可數。漢有蔡邕唐蔡韓，宋元以下近孅嫵。明興獨重文三橋，何子雪漁襲前矩。吾漳漁仲力開生，獨霸中原如項羽。林君後起稱擅場，落筆嶄巖勝釵股。閩中別派久稱尊，以心師古最近古。壽山新石琥珀光，磨礱需君君勿拒。我書素拙詩不工，此物將無老塵土。秋風颯颯鬧漕河，明日聞君返東魯。老病蕭蕭行路難，杖底泰山足風雨。知君聲價壓李潮，愧我長篇非杜甫。

讀先輩李蓑妓鋤田行漫賦

草綠空郊春色暮，青畦漸落黃梅雨。深村田婦出鋤田，鴉嘴長鋤驚白鷺。雲鬟霧髻縞衣裳，分明不是田家妝。少小青樓厭歌舞，憑媒去歲始從良。田家東作習南畝，紅顏少婦半塵垢。勿嫌夫婿不風流，誰家夫婦同白頭。東鄰姊妹達官妾，已抱琵琶上客舟。亦有玉關征戍客，秋閨夢斷無消息。青禾素手莫停鋤，小困大困歲滿車。欄犢得孫烏引子，抱下兒郎長讀書。

同紀伯紫、沙定峰飲黃天濤寓齋，客有吹韭葉爲百鳥聲者，感賦

籬東韭葉剪春晴，有客吹爲百鳥聲。提壺布穀曉催耕，杜宇空山啼月明。我昔避難清溪行，落日窮簷飢雀爭。自從客老漁陽城，但聞鵾鵄不聞鶯。今夕宛如聽簫笙，淒淒感我懷中情。霜風吹動易水清，漸離擊筑歌荆卿。天陰殿上擊蒼鷹，精衛愁填東海平。千金絕技誰能呈，岸幘據坐淮海生。莫嗤狗盜與雞鳴，夜出秦關北斗橫。

錢礎日十峰草堂歌

惠山之名名以泉，揚子中泠特遜美。中有幽人開草堂，胡爲取山而舍水？知動仁靜理或殊，毋乃坎行次艮止。先生灝氣凌蒼旻，九龍之峰何足擬。自附

一峰爲十峰,九峰名附先生矣。吾鄉九曲環清溪,更有儻湖躍九鯉。羇人六載不言歸,秋雨淋墻生棘杞。欲問先生借一峰,先生嗒然方隱几。

宿邯鄲

邯鄲山色濃如酒,邯鄲女兒纖似柳。夜深走向邯鄲道,風吹破屋露星斗。主人留客客不歡,覆盡空杯厭坐久。草掩叢臺歌舞休,滿眼繁華復何有?昨朝有客大梁回,爲問昔時舊屠狗。

端陽有感

五月清江飛白鷺,梅雨初晴江垂霧。江城佳節逢端陽,爭出江邊看競渡。春去秋來景暗移,晴江一夜蛟龍怒。只今空望海門濤,六載誰尋芳草路。嗟予携手別鄉關,三渡錢塘風雨寒。洛水漳河長跋涉,羊裘弊盡客燕山。荆楚歲時不復憶,但記東風過寒食。五日何人祭屈原,一杯酹破湘潭色。

綏草軒雨中即景,用東坡清虛堂韻

夜中驟雨漂庭沙,小軒無路通官衙。童餉晨餐已近午,階前猶滴簷溜花。鼓枻歌欲招漁父,過墻酒謾賖鄰家。紛紜呈几遍惡札,傍觀未免嗤塗鴉。春來詩思久枯澀,似從雨後敷殘葩。蝸涎黏壁苦猶緣,蟹爪沾泥愁欲爬。自笑屏居絕人事,時有鄰僧呼喫茶。親朋聚散不復省,柴門一月少客撾。況復連朝垂雨腳,泥濘淒絕尤堪嗟。會須日出群陰散,曉看屋角飛晴霞。

再疊清虛堂韻

開窗蒼蠅似撒沙,竹籬遙借來西衙。小園昨買短籬插,緣籬新種豆莢花。兒童戲將黍萁布,欲待青翠如田家。東鄰灌木出簷隙,日斜人散歸啼鴉。風微雨霽泠然善,其奈衰髦颯秋葩。泥牀倦睡遭鼈蝨,背癢苦將塵垢爬。晚食久欲辭葷酒,小瓶滿注穀前茶。抽書過夜銷殘燭,禁鐘坐久聞三撾。暮年搖落儘蕭索,六載天涯長歎嗟。苦憶山中采芝侶,欲往從之餐朝霞。

三疊清虛堂韻,寄諸同人索和

雨後牀榻净塵沙,頹然自放黃紬衙。墻陰倏忽綠陰匝,客來笑問種何花。風牖欲擬崔生苑,柳宅虛疑陶令家。細發幽香乍引蝶,布成密蔭堪藏鴉。豆看上棚瓜吐蔓,黍苗麥穗紛奇葩。吾生本是農桑客,山田磽确慣鋤爬。頗愛江南風景好,女提籃筐男採茶。自親筆研遠南畝,頑如健犢勞鞭撾。祇今老至愧牛後,歲晚伏櫪良可嗟。詩成自笑真蹇劣,索君妙語帶烟霞。

甲寅正月連日大雪,和杜少陵前苦寒行二首

夜牀腰膝頑如鐵,曉盥髭鬢磔似蝟。厥罰常陰傳有言,北風雨雪詩曾記。君看沙場征戍客,黑貂裘薄同衣絺。墮指裂膚不足云,但恐荷戈無時釋。

其　二

殘冬風日尚烈烈,一夜雪深埋厚地。飄空漫作鹽絮飛,割膚直似戈矛利。漁陽老客賦無衣,元日人日無光輝。天關地軸乍齟覆,嗟哉客子胡不歸?

二月大雪積旬不已,和後苦寒行二首

東風刮地行人絕,滕六當春復布雪。江湖鴻雁不敢歸,舊燕尋巢棟樑折。四野陰陰新鬼嘯,鄰家寡婦夜啼血,寒聲吹破山石裂。

其　二

北地春深無草木,但見黃雲蔽茅屋。天陰三日慘不開,川斷橋梁車折軸。何況積旬風雪酷,玉河凍合無流澌,赤狐夜渡誰復知?

十二辰歌

暗房飢鼠啼壞壁,牛衣臥病泣中夕。通儒虎觀高談經,老生兔園苦挾策。枉將絕技學屠龍,畫蛇添足難為工。馬革裹尸諒烈士,何似羊裘釣澤中。朝三

誰賦狙公栗,羇旅真慙戀雞肋。隔歲愁無黃耳書,道傍野豕向人立。

丙辰元夜,用高青丘韻

暮雲吹散天蔚藍,暮山歛翠開烟嵐。一年新月看初上,此夜春燈誰共探?青帝司權方布令,素娥綠鬢正鬖鬖。銀花滿樹光凌亂,玉河水碧遥相涵。獨有愁人閉蓬戶,寂寂夜禪疑可参。老來萬事已成嬾,少年百戲無不貪。西涼師子魚龍隊,更架六鰲山嶔嵌。連宵徹夜不知曉,佳人踏歌笑喃喃。自從久作薊門客,食字何異篋中蟫。歲時伏臘空記省,徒剩殘燈掛壁龕。憶昨僑居城西鄙,接鄰數武通僧菴。其中荒園多古木,千章檜栢雜梗楠。月明勾作龍蛇影,竿燈吐珠落夜潭。同遊時有三五輩,而今遠隔在天南。去歲上元苦風雪,肌膚凍縮類僵蠶。東歸何事苦不早,夢見妻孥亦懷慚。自是飄零跡無定,非關安逸情所耽。今年元夜轉蕭索,孤館無人來共談。太平節物當全盛,每逢歲首慶傳柑。豐年黍稌比閭足,太倉斗米直錢三。田間野老忘帝力,有腹可鼓哺可含。市上觀燈數結伴,道傍沽酒常停驂。一朝海内風塵起,干戈滿眼欸何堪。嗟我數奇值陽九,亂離景象昔曾諳。半生于世亦已矣,正愁元亮遺癡男。爾曹得覩太平日,縱使茹荼苦亦甘。乾坤戰伐何時息?禍亂今古終平戡。郊原不復怨苴楚,宮壼重聞誦葛覃。年年都邑花燈艷,處處樓臺歌舞酣。老夫把酒樂今夕,不辭髩髮白毵毵。

保明寺謁東來女大師

巨鰲乍釣龍伯國,僊山一夜流西極。山中玉女墜清波,東望海門歸不得。金容大士施弘慈,願力能將苦海離。楊枝一滴掃煩熱,裙釵自具天人師。禪宮夜梵聲如雨,舊事關心在何許?鼎湖龍去海天遥,鴻都道士誰傳語?吁嗟東海小波臣,却從世外禮高真。莫問蓬萊水清淺,曾見人間幾劫塵。

墨繡鍾馗抱子圖爲龔伯鄭念寔題

綠袍烏帽終南客,不咽烟霞啖鬼伯。東方欲明星漸高,光拂怒髯張如戟。

霜閨繡女明雙眸,烏絲細髮壓雙鈎。閒卻老馗手中簡,束帶似從天上遊。天上玉麟入懷抱,恐是人間李鄴侯。掛向高堂風習習,天陰月黑鵂鶹泣。草窗居士謾題詩,徒恐元正耗紙筆。劉草窗原博爲劉廷美題《鍾馗圖》,元旦賀客争裂門簿抄之,劉笑曰:"此耗紙鬼也。"

題鄭念寔木筆鳴鳩圖

春風木筆齊抽簪,春鳩拂羽鳴桑林。畫家下筆從無心,偶寫春花宿春禽。春深最怕風和雨,花底鳴鳩寂不語。棲枝蔭葉自團圓,莫問舊巢在何許。

寄吳蕤園

服官有如嗜異味,始雖適口終爲殃。知君宦遊亦寄耳,偶然隨衆一登塲。苦遭貝錦何足怪,毒餌無乃是良方。我昔送人爲官去,瞥眼驚電走遺光。官帽壓頭睡豈穩,賀君已斷利名韁。

讀書吟

別書更甚別良友,友是今人書古人。維今之人不如古,古人往矣留精神。孤燈夜静呼或出,宛然啼笑來相親。老至方知書有味,精力雖減識頗真。卻恨少年徒暴棄,束置高閣埋埃塵。

雪中即景

春陰漠漠連日雪,花信催花花未發。先生十日不出門,城北城南泥滑滑。瓊樓玉宇作春寒,且煅西山烏玉玦。須臾化成紅琬琰,赤蛇騰霧穴窗出。煖入肌膚骨髓融,一湧桃花上雙頰。捲簾日腳復斜西,天外初蟾細如髮。

月蝕

妖氛黑入太陰裏,蛟龍夜遯魚潛水。搗藥玉兔失長生,相傳蝦蟆啖月死。書生無力叩九閽,寸刃欲借玉川子。帝遣飛廉吹死灰,三千玉户一時開。衆星光芒安在哉？中天依舊無纖埃。

喜雪和丁雁水樞部，用歐陽公聚星堂韻

上天英英露雲莩，春寒不耐絮裘薄。東風二月桃始華，農家早夜思東作。去冬苦旱重經春，赤塵如霧蔽城郭。玄冥司令坐失權，但見驕陽氣閃爍。豈期大雪霑郊原，江天一色迷村落。入地還堪殺螟蝗，渡河猶自聽狐貉。田間寡婦穗或遺，市上狂徒金不攫。禾麥從茲卜有秋，歲滿官倉飽鼠雀。客居瓦漏穿藜牀，陋巷泥深掩芒屩。接翅昏鴉樹底歸，捉襟稚子堦前樂。竹徑平鋪方埽除，花溝填滿更疏瀹。此時征戍憶關山，凛凛寒光生朔漠。壯士圍中夜枕戈，將軍馬上朝橫槊。惟有繁華貴公子，醉擁妖姬閒笑噱。

詹峨士將卜居建陽，用朱晦菴武夷唱和韻奉送

蕭瑟離杯今夕傳，西風一雁翔南天。湖海自來久浪跡，家鄉此去長回旋。武夷之山環建水，奇峰六六浮青烟。中有紫陽舊精舍，遺經注就心力專。名山久待異人至，千載聞風非偶然。詹君本作羊城客，欲度虹橋睨蛻僊。只今春草甌寧路，杏花村裏好停鞭。卜居應傍潭陽里，避世不異桃源川。我昔維舟幔亭下，携將山茗煮溪泉。今日送君如昨夢，爲吟九曲櫂歌篇。

送鄭哲弢回閩

西風瑟瑟黃花秋，鄭子昨日買歸舟。客中送客難爲別，鴻雁一聲江上樓。我來燕市歲月久，市上可有酒人不？與君相逢正年少，談笑往往輕吳鉤。東臨碣石西易水，落日浮雲登薊丘。酒酣慷慨共懷古，何異高李梁宋遊。天翻地覆無不有，人事得喪水東流。一夜遙登大庭庫，元參失火賀柳州。<small>時京師地震，哲弢令弟信公府第失火。</small>黃金散盡家四壁，但看舌在夫何憂。此行況似吳季子，觀光上國歷諸侯。西江將吏舊世好，感恩不獨千金酬。無心棄之若敝屣，巢父東歸方掉頭。橘洲奴子尚無恙，歲絹千疋待可收。退處江湖吾道在，時來行止非自由。

感君意氣久相得,不似行路心悠悠。故山一笻相伴住,已矣已矣吾何求？

抑戒堂席上聽薛、李二生歌邇園先生絕句,長歌侑之

山雲不動江月白,玉蘭酒香花露滴。酒酣四坐聽清歌,愁對春風喚奈何。此歌不是柳枝詞,亦不是桃葉曲。邇園握管製新篇,薛李二生譜絲竹。一歌壯士愁,寒風易水冷颼颼。再歌深宮怨,長信秋宵泣團扇。歌殘一一斷人腸,蕩子經年遠離鄉。我亦吟詩客,忝來上歌席。愧無佳句付雙鬟,壓服昌齡與高適。薛生歌喉清,錦城絲管聞花卿。李生歌調好,龜年絃索擅天寶。我有送春詩,煩君一歌之。年年似共親知別,暮雨關山一染衣。

夕陽寮存稿卷四

七言古詩下

宣鑪歌

昔聞宣德宮中鑪,赤金百煉火流朱。印以陽文欵真書,製重彝乳耳戟魚。當時價已同璠璵,何況歷年三百餘。北施南蔡相楷模,枉將魚目混珍珠。我從廟市逢客沽,吳綾細裏紅氍鋪。奇光在肉不在膚,手畧摩挲眼模糊。歸來三日索舊圖,祥雲覆下黃金塗。一拳雖小如小邾,會同豈非諸侯乎?有懷盛世文治敷,光華所及百物舒。淫巧不尚質而腴,鼎彝三代復何殊。微烟一縷夜堂虛,恍惚如遊洪宣初。老生自笑拙且迂,蕭然四壁身羇孤,印香沈水盒中無。

予既作宣鑪歌,鄭遠哲有詩見贈,賦答

阮子得鑪三日後,喜極大叫欲狂走。忽然萬丈吐光芒,一道白虹貫戶牖。懦夫或謂鑪致殃,阮子徐徐答曰否。井江先生大手筆,揮珠灑玉為鑪壽。伊昔恒山魯道人,錫君家鑪大如斗。製係大明宣德年,匹如齊大餘非耦。賜器豈惟祭器尊,有國曾賴有家守。如今過眼真雲烟,赤刀天球有力負。先生對此休歎嗟,周鼎歷傳自夏后。此鑪閱人如傳舍,人生豈同金石久?金石有時亦銷鑠,惟有文章垂不朽。讀君詩句更焚香,桐江一絲繫鼎九。恨不生作太平叟,皤皤老臣同拜手,宮中之鑪在左右。

龍尾研歌

東坡評研重龍尾,端溪馬肝安得比?玉德金聲世所無,青青直似荷出水。

我藏端研璧一雙，時臨禊帖埽花窗。豈知古歙洞中石，反處囊中爲上客。此研遭逢當有時，玉堂何必坐題詩。搗練支牀吾何有，漆身吞炭爾休辭。文人之研烈土劍，但問其人宜不宜。

蕉葉白端研歌戲呈黃德臣方伯

端溪舊石世難得，坑底新開蕉葉碧。星星鴝眼細如椒，印指痕生水欲滴。去年京師遇黃公，研材致自紫屏峰。膚類凝脂不勝墨，此石無乃舊坑同。藏舟夜壑力負去，從此蕭齋几案空。今歲携囊過濟上，黃公知我獨心賞。呼童開匣眼昏花，耳邊但聽波濤響。借來片石未爲貪，荆州詐取況吾黨。墨汙袍袖憶元章，宣和殿裏笑顛狂。而我珍此亦何用，自知夙習未能忘。僧窗久客閒無事，過盡花風二十四。研將磨墨墨磨人，右軍有硯遺風字。

畢率東採西山寶珠洞石爲研，將以其一見遺，詩以迎之

西山之石何稜稜，中有黑珉藏其英。畢君好事劚山骨，金罌釵頭各象形。端溪石盡鴝眼少，君家歙洞龍尾杳。青鐵澄泥不可求，銅瓦空聞拾故老。知君鑑研如鑑人，辨色聞聲別僞真。寶珠洞下涵星石，收入奚囊作世珍。憐予几研並頑醜，松黛無烟筆成帚。把贈宛如郜鼎移，楚材驟嘆晉人有。邇來十指愁懸槌，鮑謝鍾王兩不知。但承一滴花間露，磨向晴窗注楚辭。

端石研歌

宣和宮中日暇豫，端州紫石歲供御。萬里霜飛五國城，閒卻丹青無用處。兒孫航海蹕碙洲，玉璽沉波天海愁。遺研有時人網得，晴窗大几等共球。溪光黯淡歲月老，水漲泥深石竇杳。空鑱雲濤五百年，山川猶是昔人渺。有客新從南越來，携得舊坑新研材。千夫没取百夫轝，龍宮寶藏一朝開。持與書生非磊落，蟲魚箋注胡爲哉？我家十載珍紫玉，深懼荆山遭刖足。客卿亂後不守玄，楮生幅裂中書禿。新締石交工研磨，無由寄與小東坡，滿目風烟奈爾何？

鵪鶉歌

有客遠携鵪鶉譜，請予爲作鵪鶉歌。譜留篋中已三載，嬾不作歌當如何？此物雖微詩有識，取鬭曲中見名字。燕山以東種最強，水深土厚性尤剛。四季錦花分立夏，早秋青翅冬白膛。初看毛色辨黃紫，勁翻竹葉芙蓉裳。烏頭燕頷蒼鷹嘴，椒眼如星眉細長。鼻凸臉凹爪脚異，修翼禿尾仍夾襠。最愛毛輕筋骨重，巨聲鐘磬細笙簧。百中選一稱難得，下品碌碌徒雁行。亦有凡材人所棄，往往一出能擅場。始知皮相失奇士，貌如婦人有子房。生成好鬭雖天質，養成精鋭藉人力。吹以竹籟若雷鳴，洗用溫泉類雨濕。弄之股掌神不驚，形似木雞志專一。從容決勝始登壇，輕于一試計終失。薊門九月飛早霜，天寒日短鴈南翔。太平無事戲羽蟲，下及閭巷上侯王。鬭雞走狗看成厭，惟鬭鵪鶉樂未央。黃金布階白玉堂，渥洼名馬千金裝。照乘隋珠不論價，吳綾蜀錦堆盈箱。當塲一睹意氣盛，旁觀羅列如堵墻。橫掃三軍憶鉅鹿，卒摧大敵話昆陽。啞然一笑雌雄決，聲呼屋瓦盡飛揚。勝來喜折謝安屐，敗後思登子反牀。吁嗟鵪鶉之鬭來已久，今歌一曲侑君酒。君不見平章踞地鬭蟋蟀，湖山荒宴復何有？天津橋上杜鵑聲，暮春三月少人行。啾啾亦有白翎雀，更與高彈試一聽。

白翎雀

烏桓塞下白翎雀，元人製爲白翎曲。曲終遺有悲歡聲，似聽孤嫠半夜哭。當軒一彈慘不樂，未及百年氣運促。我客燕山人代非，無復清音譜絲竹。籠將此鳥掛寒簷，泠泠旦暮叩哀玉。羽族雖微休咎徵，其間盛衰聊可卜。六鷁退飛來鵁鶄，春秋書之在簡牘。居庸春盡子規鳴，幾度山川變陵谷。白翎雀，白翎雀，雨雪凄風啼不足。我南君北各有家，胡爲滯此就羈束？荒村那見破茅屋，春燕歸飛巢林木。開籠放爾還故鄉，塞草青青泉水綠。

諸 陵

蒼山斜接南口路，晴空白日走烟霧。逶迤下馬拜思陵，白首中官守陵墓。

河山已去可能留，一死長存土一抔。列祖曾孫地下語，梨花寒食瀟瀟雨。十三陵樹禿春風，九龍池畔翠屏東。夜深石馬尚流汗，雲旂閃爍電蛇紅。金鳧玉椀曾無恙，回首人間莫惆悵。

清明次杜少陵韻

柳絲桃片罩晴日，香車寶馬城東出。陌上佳人曉踏青，花邊春衫蝶邊膝。西北山頭多古寺，一年一度遊人至。白酒空澆草上墳，黃泉不解人間事。瀟瀟暮雨歸來晚，生者日親死日遠。王侯螻蟻同一丘，千載離愁不用遣。君不見道傍苔剝豐碑書，墓田丙舍無人居。冬青樹暗鵑啼血，風雨園陵誰掃除？

玉泉山次韻

桃花落盡梨花稀，玉泉山下雨霏微。壞道流泉暗嗚咽，行人有淚沾裳衣。空山夜夜宿狐兔，年深草滿無人捕。豐碑苔繡山陵高，豈是尋常侯王墓？享堂寢殿羅荊榛，牧豎樵夫尚指顧。當年土木陷王師，權閹柄國人神怒。紫塞妖氛蝕太陽，不謂承平值厄數。向非社稷有長君，覆轍幾同靖康誤。桓桓秉鉞于尚書，功業到今猶堪訴。監國何妨隨即真，易儲似當遲旦暮。舉朝方喜北轅回，至尊錯把南宮錮。後來濫冒奪門功，遂使忠良死讒妒。吁嗟往事久成荒，青史是非空渺茫。一時君相艱危濟，三百河山繼紹長。浙水有田祠少保，諸陵無地葬郕王。可憐寒食玉泉路，石馬嘶風立短墻。

西　　湖

玉泉山下西湖水，湖上荷花香十里。數家臨水開籬門，柳岸遙似江南村。暮雨僧尋功德寺，秋風客弔耶律墳。橋邊老人歲賣酒，解下杖頭沽一斗。花時見我數能來，知是金臺為客久。南中山水自清暉，此間霜露沾人衣。君今作客胡不歸，辜負秋江鱸膾肥。

昌化寺壁，吳小僊畫五百阿羅漢歌

國初畫手繼前代，佛像爭推吳小僊。五百應真壓長卷，人間此畫少流傳。昌化寺中東西壁，猶見吳生留真蹟。細若牛毛第七塵，萬象紛然呈紗色。天宮寶殿鬱嵯峨，踏海穿崖神變多。衆鬼驅來肩坐具，時飛錫杖空中過。蛟室神君稽首接，明眸玉女立清波。漫向靈山預法會，神通遊戲佛所呵。吳生好是擅塲手，虎頭龍眠没已久。筆端狡獪驚傳神，堪與古人並不朽。當時世運值休明，韋布承恩趨闕廷。文采風流今喪盡，空來畫壁看丹青。

聖水寺贈茚中上人

澗西尋路逢山寺，下馬叩門師出迎。煮茗仍供晨後粥，解衣入座暑風清。須臾邀我上高閣，恍疑杖底波濤聲。古松盤陰翠滴滴，一株獨映萬峰青。松前石窟堆冰窖，坐久縮膚類凍蠅。吾師何年掛瓢笠，幾回春草定中生。愧我風塵長作客，看山如夢暫時醒。秋來定借石樓宿，共指寒空片月明。

盧師山

迂迴碧澗接崖顛，下有怪石通流泉。桑乾故道嚙山趾，盧師當日來掉船。侍側雙童出行雨，暮歸仍就石潭眠。至今夜靜山月黑，時見神物光蜿蜒。我向懸崖看尺栢，斷碑猶數開元年。淒涼廢寺遊人少，石橋空隔翠微烟。

林衡署古松歌

石景山前山外路，故苑猶傳林衡署。十里參差平野中，銕幹霜髯盡古松。萬頃波濤騰耳畔，群龍戲海鶴盤空。不知種松幾何代，萬株留得千株在。地屬先朝舊果園，如今百果已摧殘。官舍無墻園户廢，蓬蒿滿目空闌干。我行松間三歎息，嗟爾能保歲寒質。野燒山樵不敢侵，長與河山壯顏色。君不見茂陵松栢遍巖阿，一夜秋風落斧柯，玉魚金椀復如何？

過石景山感舊

暮山突兀河流急,騎馬邐山路昏黑。夜叩巖扉寂不開,陰風颼颼林木泣。荒村月落鬼燈入,洪濤捲地遊魂濕。此恨綿綿無時絶,海水西流日東没。

上方山旱龍潭

萬峰頂上藏龍宮,何年龍去石潭空?蛇蟻至今不敢穴,潭底長吹掃葉風。我聞潭龍夜半徙,老僧追龍龍暫止。不留飛瀑懸高崖,區區分取笠中水。華嚴師開山,龍徙潭枯。師追及之,分泉一笠。

盤山掛月峰晚眺

客子御風來,峰巔已掛月。月上薊門山,邊笳静不發。薊門秋塞晚無烟,塞外危峰高插天。周迴亭障三千里,東臨碣石滄海邊。滄海眼中一勺小,塞北江南青杳杳。不知天地是何年,但見陰陽疾雙鳥。古人寂寞空塵埃,山川留待後人來。玉關西入班君老,磧中更有李陵臺。

銀山説法臺逢大爲上人賦贈

丹霞道人貌清古,寒巖十載坐風雨。案上楞伽久不看,破鐺晨斷菜根煮。一杖隨肩無侍童,説法猶訶鄧隱峰。眼見廢興如逝水,百年幾度落花風。幻身本自無來去,翹首舊山知何處。浮雲日暮蔽鄉關,我欲從師此間住。

明因寺唐貫休羅漢畫軸歌有序

萬曆年間,達觀大師夢十六僧求掛鉢。旦有持軸到寺,如其數,乃貫休所畫阿羅漢像也,觀師各系以讚。甲子蒲月,予入寺瞻禮,作歌紀之。

貫休作詩如作畫,畫阿羅漢如其詩。形像意態無不有,雲烟繚繞筆生姿。人間流傳十六軸,夜中微夢達觀師。欲求茲寺掛瓶鉢,遂以金帛重購之。觀師作讚題其上,仍似貫公下筆時。千年古色微黯澹,一片墨光相迷離。餘生乍見真爲幸,焚香頂禮恒嗟咨。我聞平陽水陸社,吳生畫像稱神奇。吳道子畫。百二十軸地中出,人天儼佛現真儀。彼畫非多此非少,發人信心均不疑。吁嗟歲久事推移,殿庭風雨半傾欹。龍眠畫卷贋本在,董公石刻苔紋滋。雪泥鴻爪本無跡,興何足喜廢何悲?問之守僧僧不語,但囑神鬼加護持。寺有李伯時《應供渡海圖》,被人以贋本易去。董思白書《佛成道記》,勒石在壁。

祈公璧爲予小像,長歌酬之

虎頭將軍不世出,天下丹青無顏色。天涯客舍遇祈君,特與古人爭髣髴。祈君望族出三山,詩書讀盡厭儒冠。畫手擅場推第一,千秋人物現毫端。長安貴遊力延致,不重黃金重意氣。喜貌山林隱逸姿,嬾圖社稷鐘鏞器。伊予廿載湖海客,披上條衣非夙昔。相逢便爾寫予真,持與兒童並認識。君今日向酒家眠,清秋土銼寒無烟。誰剪鵝溪千尺絹,兼餉山陰九萬箋。晨夕充君貰酒錢,且度漁陽風雪天,朗吟杜甫丹青篇。

恒山道人詩册爲鄭念寔題

研金楮重墨花濕,睿藻垂光傳奕葉。當時摩頂識徐陵,湯餅筵開賀客集。恒山隆準魯宗藩,鄴中公子罄交歡。題贈鴻篇配雅頌,謝庭玉砌香蘭蓀。二十餘年如逝水,河山寂寞風雲改。列爵分封協命圭,念寔小名阿圭。寶篋琱環看尚在。展讀肅將共太息,貽厥孫謀紹祖德。坐中更有方袍人,原是梁園舊賓客。

送曾幼昭南歸

八月風高秋氣清,曾君策蹇東南行。天涯弟妹苦難別,依依江上渭陽情。我亦當時廬陵客,廿年流落漁陽城。振衣携杖一相送,楚天何處暮雲橫?往事西臺餘慟哭,淒斷龍歸東海曲。波沉鰲背流僊山,僊家雞犬落人間。逃向空門脫生死,故鄉遙望何時還?君家遠在峽江口,江舩直下廬山阜。他年來訪東林僧,月出柴扉宜夜扣。蕭條人事君知否,僧與青山共白首。

贈周雪客

君家先公高著作,奇書不數因樹屋。賴古堂中卷帙多,知君閉戶夙能讀。一朝挾策上長安,簪纓韋布同交歡。和我山菴詩句好,如聞清梵響魚山。君才自足爲世用,文章一家相伯仲。出加黃綬乃尋常,四十黑頭何多讓。吾鄉本在閩海陬,棠陰尚覆射烏樓。他年旌節移江上,應指三山是舊遊。福州亦曰三山。

留別黃俞邰史館

金陵天下號才藪,惟君才高得八斗。清詩脫手隨流傳,更有大文垂不朽。晉江先生喜藏書,萬卷至今君能守。縹緗欲壓絳雲樓,搜奇屢借虞山叟。詔修明史需名賢,蒲輪徵上筆如椽。天祿閣中嘗乙夜,黃金臺畔復經年。我本海濱逋逃者,訪舊當時過白下。東去龍關隔遠人,豈期燕山同白社?暮春振錫出清都,一舸遙將泛五湖。海上見聞尚未錄,他日名山得就無?念欲與君商舊史,寒窗條下蕭蕭雨。試從有宋紀遺民,宜向高僧傳中取。

鷺門王氏五世同居詩

長安街上遇李子,李孝廉時行。手探一編懷袖裏。携歸開卷見篇章,知頌王家世德美。王家五世今同居,孝悌温恭式里閭。贊槐爲兄肖槐弟,振振孫子事詩書。憶我先人素拙守,獨贊槐公爲好友。鮑管交情世所稀,童稚幾人共白首。一朝鷺水遍烽烟,倉卒携家漳海邊。亂離耆舊漸凋喪,屈指經今二十年。感君異地苦漂泊,孫子建侯、沂仲等。義門不改尚如昨。旌獎毋庸煩有司,歌詠名賢相繼作。我如落葉辭舊枝,弟南兄北長流離。病妻弱子何足道,雁行中斷不勝悲。蓬山水淺天吳舞,舊事凄涼殘夜雨。東海徬徨憶魯連,西臺慟哭追皋羽。緇衣那得比黃冠,從此故鄉不復還。天涯揮淚謝良友,匹士報恩自古難。今日讀君世德錄,慷慨爲君歌一曲。但將孝友答君親,生號遺民死亦足。

同崔玉及蔣馭鹿、江次山登黃鵠磯，分賦得空洲芳草

黃鵠高飛避矰弋，尋常凡鳥安敢匹？漢水東連江水清，江上磯傳黃鵠名。遙看鸚鵡洲前草，年年春晚爲誰青？禰衡當日賦鸚鵡，凌雲彩筆同飛舞。浩氣直欲摧曹瞞，何況區區一黃祖。才高竟自冒天刑，長嘆翩翩黃鵠舉。我登磯上之層樓，白雲黃鶴兩悠悠。南望長沙弔才子，鵾鳩聲中暮雨愁。

艾謙六和蓮池大師雪偈五韻見寄，依韻奉答二首

塵世功名烹走狗，莫話封侯誇鹹醜。歸來買宅好栽桑，閒卻寶刀惟刈韭。虞卿棄印窮著書，阮籍求官狂嗜酒。便着鶉衣戴鷞冠，不耀龍章繫龜紐。

其　　二

深巷日高聽吠狗，村莊男女無妍醜。開戶東風掃落花，留賓夜雨剪春韭。槎通漢水易爲漁，地接宜城常得酒。向南更有老人鄉，種柏年深皆左紐。

江　梅　篇有序

離燕子磯六七里，地名朱家灣。村落中有梅花數百株，大者可合抱，綠萼緗苞，間以桃杏，皆參錯碁布於山園野圃及坡陀澗谷間，開時如江天霽雪，微帶晴霞，而遊人未之知也。前歲，好事者始一遊覘。近則寶馬香車，酒尊歌板，樹上懸燈，草間布席，窮晝夜不休。夫金陵看梅，夙稱靈谷，今已化爲荒烟碧草，而此十里香光，留住江南春色，始知盛衰隱見，不獨人事爲然矣。余以癸酉二月初旬，同傅介如參閩來遊，恨未盡開，然三分開勝三分落也。因作《江梅篇》，以貽看花君子。

燕子磯頭江水綠，轉入江灣路幾曲。山深水遠寂無人，時聽雞聲出茅屋。居人鋤地種梅花，千樹花圍三兩家。老圃惟看梅子熟，春風不問花開落。數百年來長子孫，花皆合抱老山村。終歲未嘗踏城市，人間別自有桃源。昇平日久多遊客，江畔尋花留行跡。一朝說與外人知，從此紅塵飛紫陌。檀板金尊逐日

催,疎烟淡月連宵碧。我來寒薄曉光遲,綃痕萬點含瓊枝。夜深不入趙郎夢,惆悵參橫月落時。年少看花憶幾度,人老花殘傷遲暮。歲月推遷人事移,春江花月總非故。君看靈谷塢中栽,抵今零落餘蒼苔。獨憐十里香魂繞,占盡東風冒雪開。孤山老去青丘少,誰與花神重寫照?長笛一聲江上吹,莫待滿林風雨掃。

詠垂絲海棠,次東坡定惠院海棠韻

誰向南方誌草木?惟有此花品稱獨。姿態輕盈本出塵,胭脂淡染亦隨俗。休誇叢桂登小山,絕勝幽蘭生空谷。神女虛疑下楚臺,阿嬌定合貯金屋。奪將絳雪出丹胎,羞殺豐肌與厚肉。笑來日暖午風清,睡去夜深春雨足。江南二月養花天,氣候平分溫且淑。花時每作探春遊,林下閒行手摩腹。預約江村尋古梅,偶過名園看修竹。焉得千堆雲錦窩,燦爛霞光駭奪目?相傳異種來西洋,不是孤根移西蜀。何妨同占海棠名,蝴蝶杜鵑徒刻鵠。吾鄉珍重碧欄前,如今遠離滄海曲。但當日日臥花陰,醒看世事付蠻觸。

送春詞

昨宵雨打庭花落,今曉吹花風色惡。一春風雨苦纏綿,獨坐閒齋儘蕭索。纔近清明花事闌,北山桃李報開殘。十日天陰江路滑,空想城南看牡丹。已見榆錢堆滿地,更逢柳絮簾間墜。啼鵑一夜訴春歸,倏過花風二十四。強欲留春春不住,愁不送春春亦去。挑燈起作送春詞,巡遍空檐無好句。年少送春如等閒,一年一度值春還。年老送春如別友,離情不耐歲月久。縱復東風轉面來,前度劉郎已白首。憶住金臺二十春,花枝酒盞逐年新。芙蓉帳裏三更月,楊柳隄邊萬斛塵。春去春來都不管,如今寂寞青溪濱。溪上落花無人掃,門前隨處多芳草。一塲春夢醒來時,人生行樂苦不早。

夕陽寮存稿卷五

五言律詩上

詠薇次韻

微雨春舒葉，嚴霜歲植根。一拳滄海曲，千載首陽魂。嘆世君臣薄，聞風草木尊。商周日已遠，採罷亦何言？

清溪旅病，寄江宮其、賴惟永

同作天涯客，憐予病獨深。扶牀看藥裹，移杖卧花陰。夜雨沾歸夢，秋聲入遠心。所嗟離別久，江上滯書音。

浦頭社日

社日仍爲客，村帘酒不沽。候潮催艇子，數驛問輿夫。侵曉風頭急，當春雨脚無。蒼山連極浦，一望燒痕枯。

安昌城上晚眺

落日古城上，昏鴉集郭門。斷橋官路失，廢社界碑存。山翠眉雙疊，潮青髮一痕。東風吹綠水，流不到家園。

釣　　臺

雙臺俯絶壁，千載遺清風。爵禄歸明主，溪山屬釣翁。富春江水緑，初夏落花紅。慟哭人何往？殘屯夕照中。

岳　　墳

下詔促班師，獄成三字辭。兩宮長北狩，孤柏尚南枝。路斷黃龍府，潮通白馬祠。蘄王投老日，墳草正離離。

八月十五夜月二首

露重光仍濕，星稀淡欲無。月看今夜滿，人比去年孤。病意隨階草，秋心落井梧。關山頭白裏，同照未棲烏。

其　　二

故里清秋節，柴扉夜不關。獨憐江上月，偏照薊門山。松菊違初願，風霜變舊顏。南歸天路闊，惟□□飛還。

暮春旅興四首

春日遲堪惜，其如百事慵。束書隨蠹飽，匣研任蛛封。病覺晨餐減，閒添午睡濃。閉門花事過，半月負孤筇。

其　　二

已近梅天候，幽居景亦佳。落花懸小架，鬭雀墜空階。夜榻江湖夢，春燈風雨懷。客愁無用遣，何處不天涯？

其　　三

過牆初見蝶，出戶少聞鶯。每有還家念，長因□鳶生。微風吹古渡，暮雨過春城。坐盡窗間燭，晨雞未肯鳴。

其　　四

十年懷舊識，相遇古幽州。落日金臺上，春風灞水流。窺籠憐困鳥，狎浪羨輕鷗。更作他鄉別，雲山處處愁。

渡白溝河

渡口爭舟急，人喧落日中。燕山徒向北，溝水自□東。遠岸明秋草，長天没晚鸿。客懷休悵望,舊□□雲空。

泗　州

地勢淮南盡,江聲泗水長。波濤環雉堞,魚鱉上橋梁。落日沉周鼎,浮雲暗楚疆。清時無戰伐,故壘自蒼茫。

虞　姬　墓

百戰爭王地,惟餘土一抔。美人終戀楚,壯士已歸劉。墳草爲誰舞?山花只自愁。如聞垓下別,風雨大江秋。

過　趙　州

久雨頽村舍,荒凉此地偏。泥深平馬腹,風急側鳶肩。來值三冬雪,歸逢八月天。輕裝餘布衲,頗□趙州禪。

宿古葉縣

令尹遺封邑,蕭條野棘生。夕陽迷舊國,秋雨下殘城。古塚聞狐語,空衢見虎行。山川徒滿目,孤客畏晨征。

寄許水客

久隔清漳信,幽居近若何?祇應江上水,不似□□波。鄉夢風吹斷,愁心雨滴和。空洲飛白鷺,歸計付漁蓑。

懷賴惟永

每憶漳南別,誰傳冀北書?死喪猶藉汝,漂泊卻憐予。路涉羊腸險,巢營燕幕虛。此生還舊里,相見定何如?

蟬

幸脱汙泥質,得全清净身。蔛廬孤竹國,眷屬於陵人。處潔知遺世,居高想絶塵。霜風漸蕭瑟,一默返吾真。

海蚶

蜃海堆瓊屋,龍宮散碧珠。何期燕市飲,得上顧家厨。潮蛤休饒舌,江瑶謾劈膚。老饕蘇子賦,深怪入詩無?

病僮和韻

謾供薪水役,灑埽已難任。故作尋常視,翻成歲月深。獨勞僮輩口,分痛主人心。筋力還應健,名山共爾尋。

臨大觀帖

閣帖訛真本,臨摹借大觀。遠求韋誕易,欲過右軍難。雪後圍爐坐,花時對榻看。還思年少日,紅袖界朱闌。

和沙定峰憶江南六首

却憶江南好,湖山第幾峰?蓮舟輕箇箇,柳岸隔重重。歌管遊人鬧,烟花客興濃。南朝三百寺,清磬滿寒松。

其二

卻憶江南好,青村遶綠渠。香風花掠燕,腥雨浪吹魚。匝地潮爲界,浮家艇作廬。一竿東海上,較此竟何如?

其三

卻憶江南好,遊人二月時。綠箋長短句,紅袖淺深巵。簾捲朱樓暗,燈懸畫舫遲。繁華誇六代,弔古謾凄其。

其　　四

卻憶江南好，漁舟唱晚音。江聲瓜步合，山色苧蘿深。夜月梨花面，春風燕子心。何時吹鐵笛，來和竹枝吟？

其　　五

卻憶江南好，花飛遠近村。疏泉侵地肺，鑿石動雲根。酒國忘身世，僊源長子孫。片航窗外落，魚蠏正當門。

其　　六

卻憶江南好，圖書載滿艖。行藏同賈客，來往宿娼家。童貰山塘酒，僧分龍井茶。何須玄墓上，到處有梅花。

九月十九夜雪

窮秋寒事早，雨雪夜來深。獨擁殘燈臥，愁爲病客吟。黃花清對影，青史老灰心。惆悵空山路，幽人何處尋？

訪漢雪先生感舊時放雲道人已卒。

入城猶數里，徑曲到門迷。雪竈松烟冷，風庭竹日低。人存三恪後，夢隔二陵西。壁上遺詩在，淒涼感舊題。

春　日　偶　成二首

風日暮春美，江山病客孤。逢時人笑拙，阿世我嫌迂。渴鹿常奔焰，跛驢空識途。餘生真嬾慢，惟有學跏趺。

其　　二

雨後長庭莎，墻陰覆薜蘿。閉門諸事少，爲客一身多。此日應難再，春風倏又過。苦吟頭欲白，無奈落花何。

次和丁雁水民部見贈四首

作客談詩早，辭家學道遲。困餘猶有舌，貧後已無錐。蠹粉侵燈落，蛩聲穴砌悲。荒園長不埽,花徑網蛛絲。

其二

棲鴉依樹穩,巢燕啄泥融。我亦唫秋水,清江憶釣筒。簾開疏竹雨,簟捲落花風。隨意巾車出,何妨轍跡窮?

其三

自狎風塵久,漂零失所親。尋山充隱士,過市笑陳人。書史生前業,鄉園夢裏身。朝來懸犢鼻,休笑仲容貧。

其四

官署閒相過,時容岸幘偏。蕉風翻舊雨,桐月上新弦。座有平原客,詩兼摩詰禪。待將萸釀熟,重醉菊花天。

初度答沙定峰見贈

八千里外客,十載夢中人。雨雪鶉衣舊,江湖鳩杖新。黃楊偏厄閏,白髮不禁春。擬作清溪叟,漁竿共夕晨。

崧士自津門過訪次韻

不謂秋風晚,重來話舊京。應憐支枕臥,未得拂衣行。赤羽孤鴻影,青山萬馬聲。津門帆暫落,月滿候潮生。

通州晤鄭荊璞

孤城圍水次,曠野起寒風。吳楚舟航集,金元壁壘空。故人千里外,暮雨一尊中。極目鄉關杳,愁聞北去鴻。

癸丑除夕和丁韜汝二首

寒律吹將轉,青陽令已司。東風雖有信,花事尚愆期。鼙鼓經心急,鄉關入夢疑。光華看復旦,數問夜何其?

其　二

流落南兼北,棲遲春復秋。傭奴常衣葛,隱士或披裘。柏酒誰團聚?芸篇獨較讎。冥鴻難遠引,應爲稻粱謀。

送友人西行

厭作江南客,遙從灞上遊。津舡過白馬,關尹候青牛。詩思秦風壯,鄉心隴水愁。杜陵嗟旅泊,歲暮客同州。

題王美厥羽聲集

鄴山人去後,修竹冷娟娟。曾憶題詩處,講堂空暮烟。淒凉燕客思,慷慨羽聲篇。亂後荒園月,相思十二年。

游壽安山

徐無峰下寺,舊是宜春宮。古木千年在,閒花一夕空。崖崩圓石出,谷暗細泉通。此地誰招隱?茅亭署退翁。

宿來青軒

不到香山閣,花開已隔年。攜將幽客夢,來聽夜鐘眠。夕梵千峰雨,秋燈一壑烟。憑欄曾待月,風景尚依然。

廣泉寺

曲逕入遙岑,蟬啼滿樹陰。但隨流水去,不覺亂峰深。古寺逢僧話,新泉引客尋。蕭然人境外,半嶺墜樵音。

新法海寺

寺逼中峰古,橋通曲澗斜。林深山釀雨,花落水明霞。壞道停遊騎,空墳集晚鴉。人間新法海，誰御白牛車？

龍泉寺華嚴祖師畫像

竹雨蕉風下，定中騎白龍。人天藏法界，神鬼護尊容。獨契華嚴旨，遠開賢首宗。炷香深頂禮，潭外一聲鐘。

遊上方山兜率院，遂登朝陽洞看泉，次韻

寺綴蜂脾險，人從鳥道升。内家新布地，隋代舊傳燈。石厂眠馴虎，雲龕閉定僧。誰分一滴水，灑作玉壺冰？

盤山宿李靖菴

乍到翻疑夢，如登故國山。路盤千嶂入，人在萬松間。夜雨泉邊至，秋聲塞外還。英雄空說劍，何似老僧閒？

桃源邨

過嶺疑無路，尋山別有村。片雲遮洞口，流水接柴門。野老能留客，兒童解灌園。何年曾住此？塞内一桃源。

同鄭哲象宿昌平南口

落日關門壯，春風客子來。亂山千堞出，平野一城開。寒色侵裘薄，邊聲入角哀。旗亭今夜宿，誰是棄繻才？

保安州

面勢山蒼鬱，周原土沃肥。稻田泉漠漠，柳岸雀飛飛。風景南中似，敦龐大古非。夕陽村外路，時帶野馳歸。

同林穆之、趙積生、趙松一、王弘導、王宪尹、胡載眉、邵升吉、
王虹友、顧商枚、胡廷一集車静淵宅分韻

狂歌燕市上，慷慨話交真。歲晚尋知己，天涯見古人。花風翻卷帙，竹露浄衣巾。不隔論文約，時來對榻頻。

送林穆之往丁雁水樞部通惠河署，兼訂盤山之遊二首

楊柳津亭路，摇鞭向直沽。清風吹客處，緑水滿城隅。吟興江山助，閒身杖屨扶。幽棲依地主，得似浣花無？

其　二

相送東郊近，離情遠樹間。論心新白首，入眼舊青山。禮佛晨登塔，清齋夜閉關。秋凉曾有約，踏破萬峰還。

九日同周聞仲過金魚池訪陳元詹刺史，用杜少陵韻

山川猶似昔，節候暫成非。黄菊人同醉，滄江客未歸。天寒魚影聚，木落雁聲微。潘岳多秋興，鄉關正授衣。

木　瓜　次　韻

都市來何遠？宣州种自良。如瓜登果品，入藥上僊方。玉食同梅酢，金衣比橘囊。秋深陳素几，鬥盡木樨香。

詠　冰　次　韻

開自凌陰室，鑿侵河伯宫。如山何足倚？是木本來空。影徹涵秋月，痕銷怯午風。承恩金殿裏，應置玉壺中。

送鄒元焕回江南

久作燕山客，春風幾度花。橘中堪避世，壺内即為家。朔雪霑春雁，吳天過

暮鴉。扁舟歸去好,相望赤城霞。

春雪次韻

微帶侵晨雨,應飄後夜風。猶堪賒酒綠,未足點罏紅。簾額霤仍濕,簷溝墜已空。尋梅愁路滑,杖策過橋東。

寄蒼林大師

問訊蒼林老,春來尚閉關。竹窗終日靜,蒲榻幾宵閒。函背翻千帙,墻陰隱萬山。沙門曾有論,風度虎溪間。

過西莊次陳位五韻

開落園花在,淒涼野花幽。可憐三月暮,已是百年愁。客繫閒庭馬,童驅上隴牛。人生真一瞬,何處覓丹丘?

四女樹

四女同貞孝,孤槐閱歲年。養親寧不字,遺世竟登儒。乳燕飛春社,慈鴉噪暮天。空庭苔蘚合,恍惚墜花鈿。

過張山人園

林深茅屋小,徑曲野籬開。鳥啄含桃去,鶯呼佳客來。竹風搖石枕,花露泛茶杯。爲語灌園叟,機忘不用猜。

鰣魚

五月京江路,鰣魚墜網鮮。銀鱗荷葉覆,玉頰柳條穿。入市寧論直,探囊尚有錢。尊鱸休浪憶,風味勝當年。

宿芙蓉菴

客路逢秋暑,花菴借晚凉。齋餘知茗苦,睡起識荷香。十地玄門遠,三災小劫長。與僧談往事,斜月下空廊。

送唐開藻御史予假旋里

時清閒諫草,歲久動歸心。予假君恩重,臨岐友誼深。丹霞明曉色,碧海靜秋陰。爲想還家日,應懷寓直吟。

過鷺門二首　庚申歲

故里丘墟久,曾過一紀年。豈期浮海客,重喚渡江船。舊友晨星落,歸人夜月圓。相看如隔世,恍惚記生前。

其二

城隅荒草路,喪亂幾人歸。巷陌新豐似,河山故國稀。泉香千佛鉢,雲净七條衣。紅藥開應遍,行童候竹扉。

賦得冬熱鴛鴦病

北地宜霜雪,餘炎迫仲冬。氣機先病物,節候恐妨農。羣戲情何嬾,雙飛意自慵。清江愁見汝,獨客正龍鍾。

李時行以公車入都,因得讀其雪爪居全集。時予將南遊,荷承別章,次韻奉答四首

漳海推詩老,聲名豈偶然？不逢青眼客,誰賞白雲篇？京國遨遊倦,鄉園夢寐牽。李翺書復性,一叩藥山禪。

其二

伊人常在望,見面恨無由。文炳藏山豹,機忘狎海鷗。朋來良不易,吾老又

何求？欲訂千秋業,還期把臂遊。

其　　三

文章隨世運,大雅振頹風。詎信蚌珠老,仍遺滄海中？碎琴原不事,挾瑟謾求工。李杜科名外,爭誇著作雄。

其　　四

瓶笠行雖遠,登臨力尚強。松雲瞻岱嶽,烟水夢維揚。惜別鶯花老,相思歲月長。篋中留雪爪,觸手墨痕香。

鄭　　州

鷗鳥親人處,長隄接岸平。烟波疑水國,禾黍認荒城。村客趁墟市,長官兼驛程。鱸魚秋正美,還動故鄉情。

贈泰山石堂和尚

岩棲忘歲月,烟草護山扉。居近朗公谷,派傳金粟衣。詩篇餘嶽色,談笑露禪機。濟水浮杯處,沙鷗靜不飛。

黃健可招同何日千、黃麗芳遊明湖,用杜韻二首

湖滙東城闊,波光浸畫樓。蒼茫白鳥下,潑剌金鱗浮。柳岸穿芒屐,花汀隱釣舟。憶逢修禊日,觴詠亦風流。

其　　二

水面亭宜眺,還登北極樓。蕭蕭蘆葦亂,漠漠芰荷浮。橋曲原通市,堤長偶放舟。歸途正昏黑,竹外數螢流。

寄懷鄭山公大銀臺

官署如精舍,朝回似退居。篋聞焚後草,牀積讀殘書。志抱經綸大,心遊澹泊初。鄉山如入夢,溪畔有僧廬。

憎　鼠

污羹朝戒食，喫槖夜驚眠。豈不緘縢攝？其如屋牗穿。畏人君似此，去汝我悠然。坐看狸狌捕，銘勳鼎鼐邊。

夕陽寮存稿卷六

五言律詩下

舟泊鉛山河口感舊

依舊江邊宿，孤舟泊淺沙。當時人不見，今夜月空斜。欹枕難成夢，挑燈易損花。回頭風浪惡，卻嘆路途差。

過鵝湖山下

筍輿盤嶺脚，峰勢轉嵯峨。日暮行人少，林深落葉多。上方依翠壁，清磬出烟蘿。難得好山住，空慚客路過。

舟泊鄥穴鎮遇風

暮江風乍惡，浪急岸移船。解纜驚魚腹，依沙喜鷺拳。安危爭一瞬，留落已三年。布被知無恙，推篷且熟眠。

宿湖口

小港斜通岸，奇峰曲抱城。波廻撞石窾，夜静聽鐘聲。舟楫收商稅，江湖滯客程。浴鷗沙際宿，羨爾羽毛輕。

螟磯廟

遺廟立斜陽，靈風滿夜檣。閣中環侍婢，浦上隔劉郎。白帝歸魂遠，蒼梧宿淚長。巴童兼楚客，時薦渚蘋香。

武昌尉謝豐亭邀遊寒溪不果，賦答

久想寒溪勝，思追元結遊。江山遲倦客，風雨阻孤舟。易失詩人約，難辭地主留。歸途當枉道，一探石亭幽。

哭鄭肯公

君家兄弟好，汝幼最聰明。獨嘆蕙蘭質，難同松栢榮。客齊新贅壻，從我舊門生。一掬傷心淚，分爲兩處傾。

哭二弟業

辛苦勤家日，飄零別汝時。遽爲蝴蝶夢，長抱鶺鴒悲。弱女墓田守，寡妻門戶持。吾衰兼慟哭，無計問歸期。

三弟煥尋予鄂渚，仍有粵西之遊，先遣舍姪儼還閩

纔到三江口，仍思百粵遊。頻分鴻雁影，祇爲稻粱謀。採隱予將老，離鄉爾亦愁。阿咸宜速返，先壟埽松楸。

寓黄龍寺，雨夜有懷，次丁雁水廉使韻十首

積雨新苔長，微風老樹吟。承趺依細草，洗鉢就香林。楚水三湘遠，荆門八月深。何須謀去住，隨處竟安心。

其二

閒閱傳燈錄，宗風各等差。西來無別意，悟後更何疑？二桂齊昌日，一花開遍時。儒門收不住，詎信路途岐？

其三

鄉山深處好，九曲泛溪長。招隱謀皆合，幽居卜允臧。垂竿非呂尚，繫鼎豈嚴光？不涉江湖遠，休猜濁浪狂。

其　　四

山蔬長自采，一飽更無餘。亟誦歸田賦，時臨乞米書。談經聊復爾，讀史亦紛如。惟有觀心坐，閒情可破除。

其　　五

波流通漢沔，地勢接江黃。山色纖濃態，秋容淺淡妝。倦知遊興減，老覺世情涼。珍重南鴻至，燕雲有報章。

其　　六

好似南參日，虔心禮德雲。黃龍依翠岫，紫氣結華雯。古殿基仍徙，空山日易曛。羇棲經歲晚，半榻净塵氛。

其　　七

名山需著作，汗簡嘆無期。蠹老侵書帙，花輕點研池。猖狂憐阮籍，才調愛丁儀。猶喜蒼葭近，伊人在水湄。

其　　八

楚山多祖席，到此亦因緣。夢醒三更雨，香消一炷烟。紛華情易遣，文字債難蠲。不用荷裳製，條衣著水田。

其　　九

我昔遊燕趙，仍多感慨情。無窮千古事，遺恨幾時平？誰把黃金壽，思將寶劍呈？處囊看脫穎，狎主楚人盟。

其　　十

攜來木上座，曲几可同凭。面目風霜換，雲山歲月仍。有衣傳慧可，無法付盧能。一滴曹溪水，長瓢試未曾？

印山大師回金陵，以十月三十夜舟沉黃石磯，丁勖菴有書走報，爲之慟哭

船子翻舡日，故人書到時。名山空有約，卜隱竟嗟遲。甘載駒中隙，全家劫上碁。同參予恨晚，白首尚餘悲。師全家死于兵，削髮二十餘年矣。

秋　月　戊辰秋，客武昌作。

共此江邊月，羈人獨感秋。從來三五夜，長照古今愁。天闊圍僧舍，霜寒落戍樓。四郊餘戰壘，歸夢尚悠悠。

秋　雨

一雨收殘暑，連朝似洗兵。杜陵空有嘆，蜀道正難行。急浪先崩渚，重雲欲壓城。老人欹枕卧，疑聽夜潮聲。

秋　霜

輕霜不殺草，野棘蔓難圖。氣熱淫爲疾，冰堅漸可虞。夜窗吟蟋蟀，秋幔上蜘蛛。誰念江鄉客，寒衣卒歲無。

秋　濤

怒向廣陵涯，驚從巫峽廻。河山沉漢鼎，風雨洗秦灰。霧裏黄龍見，波中白馬來。斜陽停野渡，誰負濟川才？

秋　鴻

避雪來何遠，江空暮影斜。終年爲客慣，到處總天涯。苦作稻粱計，頻防矰繳加。夜寒無別夢，秋水與蘆花。

秋　蛩

天寒藏暗壁，偏傍夜燈吟。孤枕不成夢，五更無限心。楚歌方激烈，古調忽平沉。感爾淒淒意，霜風吹滿林。

秋　蝶

寒花能有幾，何處更尋香？粉退嫌多露，身輕怯早霜。韓憑魂乍化，莊叟夢初長。秋色吾廬淡，紛紛任過墻。

秋蓬

同君爲伴侶，斷梗與浮萍。吹向天涯去，秋風萬里程。鬅鬙雙髻短，飄落一身輕。留得霜根在，明年逐草生。

秋笳

嗚咽吹中夜，蕭蕭牧馬鳴。悲風來大漠，殺氣滿空城。喪亂憐羈客，飄零念友生。江樓連畫角，愁雜鼓鼙聲。

秋鐘

夜半鯨音動，雲關破寂寥。頻驚山客夢，催落海門潮。霜冷敲初徹，風微響乍銷。荒城餘廢寺，劫火認前朝。

秋燈

四壁餘孤焰，相親在客邊。花開占有喜，月落照無眠。窗暗留痕淡，籬疏漏影偏。凄凉過午夜，讀史記當年。

秋病

山癯爲日久，衰病不禁秋。念亂何時已，全生豈自由？鼠偷殘藥去，僮檢破書留。丈室誰相問？默然無應酬。

秋戍

亂後防多警，沿江戍卒添。黃昏吹畫角，霜月墜虛檐。懲市訛言息，傳街火禁嚴。瓜期還可代，旅客嘆長淹。

秋　砧

窮秋憐遠戍，獨夜擣疎砧。衣上三更月，閨中萬里心。淚乾猶帶濕，腸斷卻遺音。寄語同袍者，榆關雪正深。

蔣玉淵移居二首

楚山爲客久，歲暮滯歸期。何處開三徑？仍容借一枝。圖書充竹篋，車馬隘茅茨。門外寒塘水，應呼洗研池。

其　二

小巷通曲巷，信步易招尋。時倚青藤杖，來聽白雪吟。繁霜霑袂早，落葉閉門深。尤喜東鄰叟，相期話素心。

羅魯峰尊人七十

鶡冠方外客，鳩杖古稀年。甕自漢陰抱，經從韋氏傳。梅花開臘雪，栢酒近華筵。堂上嘉賓在，共誇張仲賢。

寒　夜

坐盡苦寒夜，愁深戍角中。瓦疎偏漏雪，燭短不禁風。事去求舟劍，年來失楚弓。行行師老馬，何用哭途窮？

送丁雁水廉使暫回金陵，時有姚安守之命，兼訊其弟韜汝二首

金陵宜旅寓，遊宦易爲家。白鶴新居就，烏衣舊巷斜。涉江波浪闊，謫郡路途賒。且敘天倫樂，椒盤度歲華。

其　二

金馬碧雞地，神祠紀漢年。山川留古蹟，詞賦待今傳。才大寧遲用，名高偶左遷。淮陽行見召，雨露向南天。

送林公韞同丁雁水廉使往金陵，便道回閩二首

江湖勞跋涉，歲晚問歸舟。遠別頻相憶，臨岐各自愁。昇沉隨世路，行止豈人謀？從此梅花發，題詩寄隴頭。

其　　二

客路陪知己，三山度早春。我行猶滯楚，臘盡少逢人。故國懷良友，天涯念逐臣。知君情倍切，後夜獨傷神。

寄懷鄭荆璞少府，兼以爲壽四首

近得潛江信，時署潛江篆。差堪慰索居。民閒庖可代，俸薄食無餘。儤吏傳梅福，文人問子虛。聲名誰不朽，富貴待何如？

其　　二

爲貧原可仕，親老更難辭。遙想懸弧日，寧忘舞彩時？名因廉吏重，位豈下僚卑？自信行藏久，還山勿厭遲。

其　　三

已過書雲候，仍逢雨雪天。花週當臘月，松老是同年。齒愧鄉人長，經推鄭氏箋。何時架茅屋，攜杖共林泉？

其　　四

亂後親朋散，身羈楚水東。應憐千里隔，未遂一尊同。塞雁和雲遠，江梅借驛通。言歸思惜別，相見候春風。

喜　雪

殘冬苦無雪，昨夜始霏霏。野曠人踪杳，江寒樹影稀。三農應有喜，獨客未能歸。且擁紅鑪坐，看經靜掩扉。

雪　晴

四野看霑足，朝來喜報晴。杖藜尋北郭，移榻傍南榮。洲擁寒沙白，江含宿

霧清。梅花臘前發,不待早春生。

寄　　食

寄食江湖上,全身戎馬間。掛瓢猶有累,抱甕卻能閒。門對吳舡泊,春隨楚客還。卑棲如可托,未敢望名山。

戊辰除夕

楚水過除夕,蹉跎已二年。冷灰聽豆爆,宿火看薪傳。吾道遭窮厄,人情屬變遷。杞憂真自笑,誰與問蒼天?

己巳元日

出門何所往?静坐自焚香。見客無如嬾,逢人有底忙。雪晴泥尚滑,江闊葦難航。世路艱危甚,行歌憶楚狂。

元　　夜

元夕春城鬧,客居愁閉門。兒童走街市,簫鼓到江村。厭楚感時物,思吳勞夢魂。明燈照華髮,年少不堪論。

次韻答贈吳香爲先輩

鄉邦推祭酒,午飯約鄰僧。湖海春深客,詩書夜半燈。吳門從卜隱,楚水偶尋朋。故里多冠蓋,當年誰販繒?

雨中同蔣玉淵、江次山重集崔玉及寓齋分韻

久雨厭孤客,重逢追舊歡。鄭虔方就席,陶令乍休官。獨樹花遲發,歸鴉翅不乾。風光春欲半,猶戀敝裘寒。

傅介如參軍邀泛秦淮次韻二首

長橋初放艇，風色漾微波。一派秦淮水，千聲欸乃歌。藕塘宵雨足，竹塢夕陰多。新月方池上，清輝似影娥。

其　　二

曲港觀花去，青精裹綠荷。閒尋桃葉渡，時唱竹枝歌。烟月推江左，風流繼永和。重城燈火暮，不隔畫船過。

移　　椿

雙椿蔽籬落，移爾傍東墻。疏葉能無瘁，孤根恐易傷。深宵逢細雨，明日記重陽。萍跡吾猶泛，春芽好自香。

鳳　陽　道　中

此地同豐沛，興王事已非。天寒原野曠，歲旱麥苗稀。過客偏多感，流民正苦飢。荒塗晨策蹇，驚起亂鴉飛。

亳　　州

荒郊多古木，流水遶城闉。分野窮吳楚，通途接蜀秦。商都遺社改，禹績舊河湮。估客舟車轕，蕭條歎旅人。

潁　　上

水色清如許，山容翠可憐。遙知近城邑，定有好林泉。讀史懷高士，吟詩記昔賢。廬陵當晚歲，思買潁川田。

熊耳山初祖塔院

傳法遺雙派，昔有青原、南岳、今惟臨濟、南洞。空棺寄一丘。塔連熊（下缺）

[題原缺]

（上缺）成。石作縱橫態，山留隱遯名。斜陽孤客過，憑弔動深情。

舟次郊郢，送佘可六孝廉回粵

遥指維舟處，猶賒數里程。滄波分別路，黄葉散離情。潮落江邊閣，雲歸海上城。到家宵夢穩，松月照窗明。

有　感 時聞富平之信，驚疑未定。

遠遊從楚返，乞糴遇秦饑。白日如長夜，青山非舊時。路長音信杳，人遠死生疑。垂老無家客，淒涼漢水湄。

虎　牙　關

地險荆襄接，山寒草木稀。虎牙雄並峙，鳥翼澀難飛。野戍孤烟直，春城落日圍。蕭條原隰外，惟見暮樵歸。

從白龍潭至蒼霖觀

緣澗攀蘿上，不知身已高。峰巒澄暮靄，城郭辨秋毫。古壁餘蒼蘚，空園落碧桃。還聞村社賽，霖雨遍江臯。

同何洛賓、張松舟看蒙、惠二泉

來遊攜二客，列坐看雙泉。山下蒙因卦，巖頭惠證聲。村樹浮天暗，漁舟著水輕。茗餘堂客散，拂袖晚涼生。

金　河　社
俗呼茶菴，有譚友夏匾額、對聯。門臨官路，時多流民。

金河遺社在，名士剩留題。茶有山僧施，筇多野客攜。茅堂秋暑退，竹塢暮烟低。爲歎流離者,迢迢遠路迷。

過蘄州

岸廻江漸闊,不礙片帆飛。乞子攤錢去,神鴉接飯歸。雲山孤客過,城市昔人非。誰念盧居士？腰春付法衣。

癸酉人日,同蔣波澄集素園抑戒堂,得晴字

堂上德星聚,寰中人日晴。春回桃葉渡,客醉石頭城。旛勝妝花巧,椒盤縷菜生。懸知薛内史,思發句先成。

金山寺二首

波底現龍宫,山根插水中。石欄斜遶岸,寶塔聳浮空。地小偏容月,潮平不離風。島門餘舊壘,垂釣問漁翁。

其二

四望滄溟闊,長江鎖□中。梵宫鄰日月,海棠雜魚龍。京口來寒笛,廣陵□暮鐘。刺船風引去,回首碧雲重。

夕陽寮存稿卷七

七言律詩上

登太武山

疊嶂高標大海前,東南島嶼點微烟。纔登絕頂三千仞,已洗塵襟二十年。廢塔荒巖唐日月,殘屯舊戍宋山川。風波一夜漁舟杳,白鷺村低隔水天。

宿萬石巖,偶得孤月夜懸雙石壁之句,因足成之

鑿開雲壑架精藍,數曲幽溪客共探。孤月夜懸雙石壁,千林秋嘯一茅菴。餘生擬向閒中老,往事都從夢裏參。便與名山期後約,浮名從此更休貪。

落花和韻三首

萬點風飄似客遊,墜茵墜溷使人愁。酒中日暮聞吹笛,江上春深罷倚樓。語燕銜來俱是別,啼鵑淚盡可能留。從今已逐東流水,漂蕩何時返故丘?

其二

淡月池邊瘦影橫,微風陌上舞腰輕。紛紛滿地看無數,多少隨波不識名。對客聊傾桑落酒,卜居還傍刺桐城。故園春色曾如許,野渡無舟一水盈。

其三

春來冉冉去匆匆,杯底花枝漸漸空。縱使憐香復憐色,其如愁雨又愁風。即教移榻拈重碧,未忍沿階埽落紅。既入朱門多點污,從黏飛絮墜泥中。

微雨

曉天微雨隔簾飛,似送春風昨夜歸。老至還愁騎馬路,閒來長憶釣魚磯。

沿河柳暗鶯啼少，深巷花開客到稀。寥落繩牀經數卷，暮鐘聲裏掩雙扉。

讀陳白雲詩

鯨波一夜撼江城，去國長爲萬里行。客蜀羈吳終不返，傭書織屨竟埋名。十千酒送顛狂態，七百詩留笑哭聲。挑盡殘燈重掩卷，誰從夢裏識先生？

孤山放鶴亭次壁間韻

一水遙將小嶼環，殘梅開後半亭閒。何人卜築同棲遯？有客攜舟獨往還。落日松聲吹古墓，清風草色動空山。當年湖上多樓閣，只在春波夕照間。

舟次吳江

遠岸丹楓映夕曛，蘆花影裏伴鷗羣。秋衣浣盡吳江水，暮艇看窮越嶺雲。客路每從佳處憶，漁歌半是夢中聞。何時重到西湖上，閒與幽人語夜分？

邯鄲道上墜驢傷臂，臥牛車中，過黃粱夢誌感

計程屢欲謁僊真，流水桃花失舊津。自分墮驢憐折臂，不堪騎鶴望輕身。半生火宅車中客，一枕黃粱夢裏人。欲乞金丹將骨換，恐教石髓化成塵。

銅雀臺

魚鱗瓦墜鄴宮秋，銅雀臺空過客愁。一代詩才雄漢魏，三分霸業小孫劉。總帷香冷夢魂斷，玉座塵生歌舞休。落日西陵疑塚在，不知何處望荒丘？

戊申中秋，舟泊洪塘，同陳貢士學夔拈韻

客路逢秋秋正中，疎林丹葉映溪紅。移舟坐待千山月，隔浦橫吹一笛風。偶憶書生能詠史，還逢野衲解談空。江橋酒美沽成醉，看釣寒鱸墜短篷。

附記：戊申秋，予將北上，同二鄉僧至洪塘附舟，舟主人乃建寧鄉貢士陳學

夔先生也。日暮，先生至，見予短袴腰刀，以爲卒伍，殊不之顧。時值中秋，先生檢筆研，披素箋。予前拱曰："際此良宵，得無觸動佳興耶？"陳遽起，謝不敢。予曰："二禪客頗能詩耳。"先生欣然拈韻，予詩隨就。方訝其速，既而僧詩亦成。先生乃煮茗治蔬，分官艙之半以客予。明日，閱予《落花詩》三十首，手自抄錄。詢予行止，知遭亂流落，共爲唏噓。至建寧握別，先生囑予回日，到東方潭相訪。先生家潭上，欲爲予卜居云。

與鄭仲尹、郭異伯話舊

別後行踪各渺茫，解鞍相見屬端陽。洛橋有路通京國，淮水無波接舊鄉。桑柘種成人事改，親朋散後海城荒。當年剪燭山窗話，細柳新荷總斷腸。

放雲道人輓詩

流離粵海幾多年，夢想何曾一到燕。楚澤風雲如隔世，淮南雞犬忽成僊。青芻舊客三生淚，宿草新墳五月天。往事回頭春夢短，心空早會老龐禪。道人扁其齋曰"夢想不到處"。

戊申除夕

不見鄉書近一年，重雲漠漠隔閩燕。無家且借夕陽宅，有弟空鋤衢上田。牢落餘生書卷底，淒涼除夜酒杯前。長安自是交遊地，搜篋曾無趙壹錢。是歲二弟業自長樂攜家還，住同安夕陽山下，而三弟焕移住衢州常山縣。

送陳伯熊之遼東

關前疋馬走遼陽，回指燕山道路長。白帽管寧初渡海，黃金季子未還鄉。詩書老去人情賤，風雨秋來客意涼。共約南歸尋舊隱，釣龍臺畔有滄浪。

買花

青蚨一貫買秋芳，翠幄千金選夜倡。火速報春爭十月，能開頃刻續重陽。

綠珠初嫁來金谷,處女偷窺立宋墙。老去風情原不減,月明休照滿頭霜。

得　家　書

客至遙傳隔歲書,夕陽山下暫安居。年豐空羨田三畝,親老仍慚食一蔬。雨雪青燈人未返,江湖白髮夜將除。兒耕妻織完吾事,歸去誰言活計疏?

金臺讌集,同沙定峰、郁東堂、趙松一、顧仲光、黄天濤、劉長康、毛亦史、徐扶令、許雲石分得生字

簾外黄花照眼明,一尊風雨坐秋聲。人隨旅燕家南北,客對賓鴻序弟兄。皋馬同時文士重,荆高歿後酒人輕。山中事業曾何有?霜髩蹉跎已半生。

次韻答劉長康留別

京國相逢話晚秋,微霜十月已輕裘。文壇割據鴻溝約,客路豪華梁苑遊。二頃田應慚季子,五言詩欲敵隨州。天涯久住憑知己,草榻今宵尚肯留。

己　酉　除　夕

白髮絲絲除不去,青春冉冉去還來。年衰無用同殘曆,心冷難吹似死灰。避世居曾依北海,補亡詩欲廢南陔。燈前五載思親淚,愁聽寒城畫角哀。

病起和林孝穆悶詩

坐對傍人强笑歡,深衷淺緒不勝煩。一春閉眼惟憑几,終日低頭不繫冠。曠野冷風吹夢斷,空簷微雨滴心酸。閒愁何用相勾引,病起腰圍減帶寬。

花朝同林孝穆限韻

歲月閒消客興豪,空將歸夢遶江皋。青回塞草朝聞雁,凍解河冰夜聽濤。萬里風塵隨老境,百年牛馬任兒曹。柳烟桃雨溪橋路,轉憶柴門日影高。

送林孝穆還梁山二首

憶別清漳已六年，春深送舊一淒然。還山江總才名重，擯海虞翻感慨偏。鄴水霜寒朝飲馬，楚天風急夜歸船。相逢故友如相問，爲道花時尚客燕。

其二

春風吹落杏花香，灞水橋邊驛路長。射策自堪追賈董，倦遊不復客齊梁。西窗話別聽蕉雨，北郭還家感髩霜。此去舊山丹荔熟，吟編應掛紫荷囊。

贈黃原虛

微風吹雨净塵沙，紫陌閒馳白鼻騧。千頃汪波黃叔度，一時任俠魯朱家。泉山春暮桐花落，灞水霜深雁影斜。歲久囊金都散盡，祇緣結客戀京華。

送毛亦史還婁東

河西務上柳如烟，春水春風夜放船。售世豈無龜手藥？還家可有杖頭錢。風塵薊北三千路，櫻笋江南五月天。別後誰憐燕市客？棠花開落又經年。

漢雪道人輓詩

孤身行遯履危機，濱死竟將心事違。春晚啼鵑空有恨，月明烏鵲久無依。西江人去風流盡，北地花開雨露非。今日阿誰歌薤露？杜陵野老哭殘暉。

碧雲寺

上方丹碧隱崚層，萬壑秋深一杖登。啼鳥說殘烏帽客，夕陽重見白頭僧。清泉古栢無年歲，玉座金幢有廢興。讀罷豐碑多感慨，劫灰何處問宗乘？

香山寺

野翠湖光聚一亭，雲烟長自護來青。當時玉輦頻遊幸，此夜禪扉寂不扃。

風葉乍兼幽澗響,霜鐘遥隔暮峰聽。却慚六載長安客,一枕秋山兩鬢星。

重九從雙林寺至大慧寺,暮歸有作

薊門三載罷登高,卻望青山感二毛。路入荒林多古寺,橋依流水似江皋。紅妝細馬誰攜榼？落日西風客縕袍。折取黃花聊作伴,歸來埽榻讀離騷。

夏日書懷和韻五首

壓架蒲萄翠欲牽,焚階榴火焰初然。繁華倐忽流光逝,事業銷磨石溜穿。歸夢千廻梨嶺月,愁心一縷薊門烟。蕭條庭户無人到,時有殘書墮枕邊。

其二

婚嫁還將道念牽,名山舊約卻茫然。閒鋪草榻留雲卧,忙製荷衣任雨穿。買研有時逢漢瓦,藏書無計避秦烟。此生聊學天隨子,知落江湖何處邊？

其三

屋角蛛絲落葉牽,風驅殘暑漸冷然。杜陵客久行囊澀,遼海人來坐榻穿。感慨柴門空舊雨,淒凉土銼斷新烟。愁中頓覺年華速,贏得秋霜上鬢邊。

其四

才短無庸歎纏牽,比來鬚鬢已蒼然。揮戈未指旄頭落,草檄曾磨盾鼻穿。跋涉重逢新世路,平安又報舊烽烟。書生齷齪成何事？三策空傳議守邊。

其五

荊棘行中敗絮牽,思親憶弟總潸然。一枝未許鷦鶌借,三窟寧容狡兔穿。麥飯誰家寒食雨,桃花何處武陵烟？臨流不用空長嘆,野渡舟橫夕照邊。

聞簫同丁雁水樞部分韻

嗚嗚春鳥暮歸巢,嫋嫋秋花曉墜梢。孤客不堪今夜聽,故鄉仍是隔年抛。秦樓舊曲來雛鳳,湘水新篁擾老蛟。最是深閨離別候,玉釵紅燭夢中敲。

夜坐讀書，以油代臘，偶成二律

臥向閒房似病僧，西窗讀史記吾曾。豪華敢擬萊公燭，寂寞真同僕射燈。照壁光微愁夜蝎，摩編字細厭秋蠅。餘生筆墨多爲累，老去刪除總未能。

其　二

憶昔西菴幼讀書，夜燒落葉掃堦除。目中空有數行下，腹底曾無一字餘。賣卜君平知世棄，絕交叔夜歎朋疎。辛勤自覺成何用，聊補從前歲月虛。

晝　　睡

日長勾引睡魔來，欹枕拋書亦快哉。休說眼光曾似電，且教鼻息正如雷。雙扉未許鄰僧叩，午酒偏嫌稚子催。三月春殘多細雨，不知陌上幾花開。

贈覃浞白

清都詞客乘餘閒，便寫鵝溪一角山。逸興秋來飛杖底，狂名歲暮滿人間。遊經白下誰爭席？夢入丹霞自掩關。曾約幔亭分草榻，奇峰六六弄烟鬟。

立春日偶成

密雪飄風嬾出門，半鑪松火敝裘溫。春同竹葉開生面，客共梅花返舊魂。馬肆講堂聊爾爾，髩絲禪榻竟昏昏。蕭條歲晚多歸夢，知在烟江第幾村。

癸丑元日

陌上春光颺柳絲，暖風晴日亦相宜。新添小僕應門便，獨跨疲驢得路遲。京國軟塵醒後夢，御溝流水畫中詩。何妨徑作尋春想，十里西山放翠眉。

暮春遣興

柳橋隨處有啼鶯，芳草如烟遶禁城。客況五更中酒病，春愁三月賣花聲。

堆盤漸見朱櫻熟，攬鏡休嫌白髮生。不是避人偏愛嬾，祇因地僻少將迎。

佛手柑

別種閩中壓橘橙，北來江路六千程。獨分妙相鵝王掌，時噴異香乾闥城。入袖好陪佳客話，登盤漫許侍兒擎。不堪風雨秋窗夜，夢遶鄉園百感生。

秋　興四首

關門晝靜偃旌旗，古戍烟消異昔時。東海波聲沈鴨綠，西山黛色雜燕支。日斜村塢牛羊下，秋盡郊原草木衰。自是鄉園歸未得，十年京邑恨棲遲。

其　二

皂帽東來兩鬢斜，青山弔古一咨嗟。憫忠寺裏生秋草，廣孝墳前起暮鴉。風雨濠梁新哭友，陳子千沒于鳳陽。烟波海岸舊辭家。飄零踪跡何由定？且擁殘編度歲華。

其　三

遠辭故國十經春，垂老無家倍苦辛。未變姓名爲市卒，暫同樵爨混傭人。林深谷暗螏螗沸，月黑天昏虎兕噴。萬里長風波浪闊，傷心只尺是迷津。

其　四

近傳消息總難真，魂斷南天起戰塵。名士風流揮白羽，蒼生日夕苦紅巾。仲連不肯東西帝，阮籍終非魏晉人。收得陰符無用處，一竿滄海且垂綸。

吳千甫送法製何首烏

靈丹一握悶丹丘，客裏衰顏可暫留。何首烏曾煩九製，予髭白已過三秋。懷中持贈非無意，肘後抄方尚有求。他日名山須藥裹，與君同作采芝遊。

千佛寺坐蒼師房同拈韻

祇樹林開已昨朝，高僧駐錫道風遙。波涵金像光猶濕，墨潤香幢藹未消。竹院秋吟風瑟瑟，雲房晝臥客寥寥。華嚴法界如堪會，時聽鐘聲似海潮。

芍藥次韻

相譃無由贈所歡,閒情且放酒杯乾。春風自信藏金屋,暮雨誰扶上玉欄?錦幕乍張猩血暗,清泉初濯麝臍寒。紅亭綠水多佳麗,留與詞人取次看。

白菊次韻

節華何處著霜華?黃四娘家陶令家。雲母同餐英未落,接䍦高岸影偏斜。豈將顏色隨人換,祇許風流獨自誇。翠閣朱樓收不得,深山歲晚伴朝霞。

董蒼水以浮湘草、度嶺編見示,兼有贈句,次韻奉答

浮湘度嶺竟何如?篋裏雲烟筆墨餘。南去愁吟王粲賦,北來空上賈生書。千山雪暗催行客,一水花深遶舊廬。最憶吳淞江色好,扁舟應許武陵漁。

林穆之旅殯通州給孤寺,其子公韞遠來扶櫬,作哀歌行漫題其後

古寺風吹鬼面花,青燐照雨短墙斜。詩魂夜永無歸處,旅骨秋寒未到家。精舍荒凉悲故里,遺孤匍匐哭天涯。七千路隔莆陽遠,江上何時引素車?

燈花限韻二首

向夕寒燈自作花,小窗梅影隔簾遮。玉膏缸面含春雨,金粟釵頭綴晚霞。蟲響如鵑啼葉落,蛾飛似蝶撲枝斜。曉來簷鵲無端語,欲訪城南賣卜家。

其二

不待春風始著花,檀心吐焰彩屏遮。銀釭剔盡三更月,金剪裁成一片霞。盤底香煤烟乍散,鏡中嬌蕊影初斜。應憐夜夜閒開落,蕩子經年不到家。

柳花限韻二首

輕盈乍似雪初飛,漂蕩還如客未歸。紅版江橋曾點點,青樓繡幔故依依。

化爲萍葉魚吞剩,落伴棃花燕蹴稀。欲和白家楊柳曲,可憐春盡一沾衣。

其二

翩翩隨處落還飛,似送殘春昨夜歸。高下顛狂原不定,東西漂泊竟何依？因風陌上沾泥滿,過雨堤邊逐浪稀。強學兒童爭戲捉,誰家庭院撲人衣？

己未元日次韻,寄侯大年、周翼微

記將甲子曉來書,又見東皇改律初。隔歲桃符堪自比,他鄉萍泛竟誰如？笑看花柳春風外,愁對河山夕照餘。自是無心求識字,時人錯認子雲廬。

傅自遠孫愷似同過鄭遠公齋頭,用前韻

到門手捲讀殘書,脫帽呼盧酒熟初。踏雪同來非偶爾,看花獨醒欲何如？小詞香艷三唐外,愷似集唐句爲填詞。清話風流兩晉餘。且逐春光銷旅恨,城東只尺鄭公廬。

惆悵詩和韻八首

惆悵鄉關杳去踪,波沉東海劫塵封。空留骸骨膏原野,幾見勳名上鼎鐘。夜雪千山門獨閉,春江一水棹偏慵。餘生縱有歸來日,顳頷應非舊日容。

其二

惆悵藤陰覆石牀,十年漂泊離家鄉。羊裘披盡邊霜白,驢背吟殘塞日黃。花落空山秋色澹,草深荒徑世情涼。老來豈效窮途哭？一任人稱阮籍狂。

其三

惆悵風凄欲暮天,挑燈開篋讀遺篇。獨憐燕翼堪貽後,無奈羹墻愧紹前。藜藿傷心追往日,松楸留恨感他年。海山望斷無歸處,哭向春林聽杜鵑。

其四

惆悵原鴒各異居,西風魂斷鼓鼙餘。荷戈執戟真憐汝,冷炙殘羹獨歉予。喪亂何時歸故國？飄零無處問吾廬。自從南北分飛久,難得平安半紙書。

其　　五

惆悵空齋一榻留,滄溟東下水悠悠。年來離索尋常事,老去情懷別樣愁。淡月輕風淒永夜,寒砧疎角壯清秋。此時遙憶山中侶,出谷鶯聲何處求?

其　　六

惆悵妻孥舊守貧,百年粗糲共沾脣。梁鴻德耀疑前世,陶令癡兒恐後身。不是天涯甘放棄,何當海內尚風塵?五湖未遂攜家去,空向深山羨逸民。

其　　七

惆悵愁懷似積蘇,衰顏得比少年無。柳生左肘非今日,頭戴南冠失故吾。中酒風前微駭駴,看花霧裏更模糊。而今白首成何用?滿眼青山客思孤。

其　　八

惆悵當年間道歸,蒼山碧海事都非。徬徨草澤龍蛇隱,際會風雲歲月違。孺子授書猶可教,丈人抱甕已忘機。祇應射獵南山下,挾矢閒看野雉飛。

五日寄朱冠侯

蒲葉青青艾葉黃,客中佳節又端陽。曾知涉世真無術,未信療愁更有方。五日空傳續命縷,十年都在毋何鄉。泖湖烟水畬山月,何處當門處士莊?

夕陽寮存稿卷八

七言律詩中

瓊島春雲次楊榮韻。

瑤池瓊島接華清,島上春雲傍水生。縹緲仍飛晨雨濕,低廻卻駐午風晴。斜分沆瀣垂千疊,鑱斷芙蓉峙一莖。獨映蓬萊宮闕近,六龍時馭泰階平。

太液晴波次林環韻。

蕩漾波光散碧烟,輕涵雁影入長天。痕銷羅縠微風後,色映琉璃淡月先。簫鼓中流迷別島,旌旆夾岸射飛泉。周京讌飲歌靈沼,不數漢皇汾水篇。

西山霽雪次金善韻。

郭外千峰霽色新,蒼屏十里艷如銀。浮光遠送金門曉,積氣先回玉塞春。絕壑幽巖鋪乍滿,東風宿霧散初勻。山中有客方高臥,起撥爐灰向夕曛。

玉泉垂虹次鄒緝韻。

山斜石甕注銀泉,空外蜺光彩幔懸。飲釜渴如奔巨海,橫橋曲似駕長川。沉將碧落蒸霞起,曳取清漣浸日圓。何似曲江江上水,新蒲細柳綠年年。

金臺夕照次王洪韻。

薊丘城外有高臺,傳是昭王築館開。春草豈知人事改?暮鴉還過女墻來。燕山落日歸何處?易水寒風去不回。收得屠沽非國士,下齊方信樂生才。

盧溝曉月次林環韻。

微霜淡月曉淒淒，水碧沙虛望轉迷。柳外郵亭催去馬，渡頭官鼓動荒雞。光連野戍侵城近，影落天河向闕低。不是長橋頻送客，十年應忘路東西。

居庸叠翠次曾棨韻。

重叠高峰宿霧收，蒼蒼不斷翠雲流。天垂萬堞環宸闕，地控三關擁朔州。絕壁飛泉懸似雨，疎林空峽冷如秋。我來曾記深春候，密雪飄飄壓帽浮。

薊門烟樹次金善韻。

靄靄春光度石門，萬家烟樹碧氤氳。山連北塞漁陽合，水到東溟鴨綠分。征馬穿林嘶不見，流鶯隔葉語還聞。時平古戍烽烟息，幾處樵歌起暮雲。

南囿秋風次李東陽韻。

錦幄朱垣水殿開，秋風昨夜落宮槐。千官屢侍宸遊出，萬乘還同較獵來。蔓草長封螞蟻垤，飛花時上晾鷹臺。漢家別苑寒烟外，空剩長楊作賦才。

東郊時雨次李東陽韻。

東皋地僻遍園林，禾黍青畦一望深。乳燕鳴鳩春淡蕩，好風微雨晝平沉。感時聊誦歸田賦，出郭頻生避世心。更羨河干持釣客，漁舟收放藕花陰。

從翠微寺登寶珠洞

千山木落靄晨暉，一逕清幽上翠微。澗底雲深迷客屐，洞中珠晃繫僧衣。秋城塔影當窗見，絕塞河聲遶岸飛。更欲盤空攀鳥道，天風吹送出巖扉。

暮宿戒壇

極樂峰前選佛塲，山花猶具戒前香。僧投暮刹談興廢，客卧秋燈夢短長。

蘿磴洞雲深杳杳，松階壇月淡蒼蒼。明朝歸向東郊路，休認青山是舊鄉。

仰山寺次萬松老人韻

瀑水瀠洄碧澗修，空山遙駐翠旄遊。客從初地登金界，僧老五峰還白頭。藥草年深池似鏡，梨花春暮月如鈎。萬株松樹千行偈，曾閱人間幾代秋。

上方山兜率寺次壁間韻二首

穿林倚石層層上，翠壁蒼屏面面開。芝草堪容高士隱，桃花偏引外人來。潭中龍去留泉脈，洞裏猿歸護講臺。已近諸天塵界杳，上方鐘磬下方回。

其　二

珠子橋邊絕壑臨，杖頭忙撥曉雲深。懸崖裂石皆成洞，古栢盤枝自作林。更欲重來應失路，偶然一到本無心。倚天數朵芙蓉插，望海峰高何處岑？

與僧坐溪石松風間，意甚清冷，拈東坡雪韻同賦

水邊行坐共支纖，暑氣全消秋氣嚴。但聽清談揮玉麈，何須濁酒釀金鹽？閒梳石髮鋪氊角，倦臥松根側帽簷。報道晚來天欲雨，濃雲遙沒翠微尖。支遁、支亮、支纖號"三支"。金鹽，五加皮也。

盤山絕頂次戚南塘韻

風掃殘雲畫角哀，烟迷遠樹塞門開。黃龍古戍三千里，白雁新秋八月來。極目河山隨短策，傷心騏驥屈長才。斜陽影裏孤村暮，西望燕昭舊築臺。

銀山法華寺和謝玉路韻二首

遠隨樵徑探靈踪，寺闢蓮花梵網重。舍利定懸巖下塔，衲衣還掛嶺邊松。寒燈客夢三千界，秋雨人登第一峰。心與浮雲俱不礙，青山未必厭孤筇。

其　二

鐵壁銀峰不記年，梵宮遠溯開元前。嶺盤白泛孤村雨，山接黃花古戍烟。

碑蝕猶傳吳亮記,臺高曾說石頭禪。看予蘿磴長攀盡,直御天風到絕巔。

庚寅春南歸,施琢公將軍有詩餞別,奉答

曾爲揖客追陪久,乍對離筵感慨生。誰念魯連歸海上,虛疑樂毅下齊城。雲迷故國家鄉杳,潮落空江島嶼平。早晚重聞分虎竹,樓船當日憶專征。

舟過雙塘,同鄭哲象作

蘋末風輕日色黃,孤舟十里過雙塘。杏花村塢斜斜徑,楊柳人家短短牆。新火乍逢寒食節,舊山遙隔水雲鄉。鄂君繡被還堪共,今夕從教旅夢長。

庚申閏八月,予同鄭哲象到虔州,與翁伯芳同寓大悲閣,留連匝月。時哲象欲返都門,伯芳有山右之行,予將歸夕陽山舍,雨夜淒然,因題八句

歸裝歲晚尚淹留,夜傍鐘聲宿寺樓。京邑雁飛寒月候,鄉山人隔夕陽秋。臨行誰誦江淹賦?惜別空懷元禮舟。記取他時腸斷處,殘燈疎雨古虔州。

遊金精洞

遙隨白帝訪金精,洞口苔深屐齒平。削壁長留雷雨跡,飛泉猶作佩環聲。月明今夜依青嶂,霞起當年似赤城。却羨茅茨臨絕頂,桃花空有避秦名。

登官人山

夾壁重開一線天,洞門飛下碧梯懸。長橋直度深潭月,小閣橫遮半嶺烟。劫外風塵城市遠,雲中雞犬翠微連。攜家便欲峰頭住,誰餉溪東十畝田?

翠微峰訪魏和公不值

西郊遙望翠微峰,石磴烟深路幾重?最愛高人開福地,空教遊客躡僊踪。

清泉一縷雲中液,古木千章屋外松。亂後著書多歲月,卜居何日得相從?

林子濩過訪,有詩見贈,次韻奉答二首

南歸未遂老烟霞,暫向空山度歲華。不謂高人遙命駕,還沽濁酒問鄰家。新知投合膠中漆,舊事飄零雨後花。回憶當年離亂日,幾人流落在天涯?

其　二

寄我新篇爛似霞,林逋清苦見才華。山窗一夜初同榻,京邑十年方到家。歲去盈頭羞白髮,春來入眼笑紅花。祇疑歸宿原無定,莫問吾生更有涯。

鄭鶴生招同鄭哲弨過樸上人寄杖菴,與檀上人同拈韻

宗風特與衆方殊,遙向南泉訪道吾。庭內奇花供客翫,塔中馴鴿任人呼。機緣湊泊灰藏豆,語句消融雪點鑪。臘盡閒房同宴坐,遊魚早已忘江湖。

魏冰叔輓詞

翠微峰墜少微星,夜壑魂歸澗戶扃。空憶維舟過白下,豈期問字失玄亭?百年耆舊傳三魏,幾卷遺文準六經。惟有立言堪不朽,易堂春草自長青。

哭鄭侯信公

纔從故里傳來信,豈料西江得訃音?雨夜夢魂難見面,予雨夜夢入都門,信公閽人辭不見。百年離別易傷心。浮生早覺塵緣薄,夕死方知道力深。漫向東風頻灑淚,天宮兜率好相尋。

次韻答陳亹齋,時聞鄭信公之訃

南來漂泊嘆儒冠,慟哭青山失舊歡。未必人情皆愛菊,豈知天意欲摧蘭?短檠照夢憐宵永,長路關心迫歲寒。近北不堪江上望,烟波非復昔時觀。

無　　題五首

弱水蓬山休斷腸,儘飈初馭杜蘭香。不知劫外前身遠,但覺人間此夜長。紅樹雨晴含豆蔻,碧沙春暖睡鴛鴦。癡心更笑天台伴,洞口何因送阮郎?

其　　二

東墻春色著花枝,綠髻斜簪舞蝶隨。遂使蛾眉羞艷冶,應憐燕羽恨差池。夜牀燈暗頻移枕,畫院人歸嬾下棋。不信慇勤經歲月,兩心猶未得相知。

其　　三

相思相見復相憐,花落花開又一年。神女爲雲終是夢,姮娥奔月浪成僊。玉釵橫枕朝慵起,銀甲彈箏夜不眠。一笑傾城顏色在,莫教辜負艷陽天。

其　　四

離多會少最關情,無那河橋憶送行。燈下暗垂皆別淚,杯前誤約是歸程。秋風古塞人千里,寒雨孤衾夢五更。莫向叢臺歌舞處,邯鄲伎女善吹笙。

其　　五

憔悴秋來髻有霜,睡餘明月上空牀。蟲粘蘖葉吟皆苦,蝶抱花枝死亦香。我本多愁偏恨恨,人今欲別轉茫茫。願爲海上雙飛燕,猶得棲君玳瑁梁。

題鄭念實慎園次韻二首

閒園雜客到來稀,時有高僧扣竹扉。庭角盡浮宵月白,簾旌斜颺午風微。藏書自展時時讀,畫卷人看簇簇圍。徙倚日長尊酒滿,朝回何事典春衣?

其　　二

丘壑難忘世所稀,朱門端不異山扉。客來暮雨茶烟濕,人醉東風酒力微。曲几尊罍詩卷遠,畫堂燈燭錦屏圍。三年重到看移榻,惆悵征塵尚染衣。

題蒼林大師邃園上方山蘋果園,師易今名,取義《法華經》。

閒園幽邃稱佳名,竹木扶疎藥草生。窺磴惟容溪鳥到,疏泉偏與洞龍爭。

萬山圍遍孤僧在，一磬敲殘片月明。曾是上方塵外客，尋師可認舊時程。

贈一化法師

重到招提已隔年，相看鬚髯各蒼然。幾廻塵世三春夢，一盞寒燈半夜禪。丈室病餘惟杜口，清波釣盡漫翻舡。身閒退院長無事，贏得雲窗自在眠。

七夕讌集和韻二首

滿酌休辭金叵羅，良辰佳會易蹉跎。黃姑有約秋期近，碧漢無情暮雨多。人世悲歡聊復爾，僊靈聚散待如何？獨憐烏鵲成橋後，夜夜相看隔絳河。

其　二

節序愁中取次過，倏看風葉下庭柯。鄉關路遠思能到，閨閣情深巧自多。獨客清秋懷白露，幾人今夜望明河？攜來縱有支機石，重訪其如失路何？

中秋雨晴得月和韻二首

不因風雨阻佳遊，看洗嬋娟漾碧流。晴霽豈能無別夜？團圓偏自愛中秋。露華濃滴三千界，風色寒吹十二樓。若使浮雲長勿掩，那知人世有離愁。

其　二

夜半天街踏月遊，纖塵不動濕雲流。下方凡骨難禁冷，上界僊娥卻耐秋。何處歌聲來北里，誰家詩思在南樓？虹橋路遠無消息，獨倚西風散旅愁。

塵

日高偏逐馬蹄忙，風起秋城隱建章。未必深山飛不到，可憐綺閣步生香。晴窗筆研封來久，古鏡衣冠拭去長。一任污人休舉扇，祇愁望遠蔽家鄉。

眼　　鏡二首

隔眸秋水鏡雙懸，西國良工巧琢鐫。質本玻璃原映徹，光含冰玉最輕圓。

何須決膜求金篦？已覺披雲覩碧天。漸老文塲無用處,晴窗留注馬蹄篇。

其　二

蠅頭燈下大如拳,老眼回光似少年。妙補化工機自巧,力持文字秘能傳。摩尼珠耀琉璃合,銀海波澄肉鏡圓。惟有觀河長不改,衰容空感歲時遷。

壬戌除夕,同陳鄰公少參拈韻

蕭疎白髮逼青陽,不睡疑添此夜長。獨客無家空守歲,清江有路未還鄉。詩書冷落新交淡,湖海飄零舊業荒。欲勞精神賒酒脯,三杯苦茗一鑪香。

癸亥元夜,同黃德臣方伯、鄭荆璞郡丞、周聞仲州佐同集天寧寺拈韻

芳塵撲面九衢寬,堅坐傾杯綺席闌。一歲初逢新月滿,千花競放早春寒。雕鞍翠幰城中出,寶塔香幢寺裏看。海內祇今烽火息,良辰重憶舊時歡。

過施仁伯新齋

結廬人境寂無譁,錯認柴桑處士家。夜雨庭翻蝌蚪跡,春風客醉杜鵑花。淳于酒合傾三斗,惠子書原載五車。容我南窗時寄傲,不知何處是天涯？

送周聞仲回和州

十年曾憶酒人狂,燕市逢君再舉觴。廣武豪吟憐阮籍,江東顧曲羨周郎。青門日落離情遠,白下春深驛路長。歸去風雲生驥足,謾耽烟月滯和陽。

禊　日

梨花細雨近清明,起用黃德臣句。黯黯春愁逐草生。蜀國啼鵑空有恨,漆園化蝶本無情。幾行禊帖臨初就,一曲齊竽學未成。湖海經年消息斷,舊山何日是歸程？

直齋夜讌喜雨同限韻

銀盤紅燭淡輕烟,好雨仍飄穀雨前。急溜如聞春澗響,寒聲猶帶夜鐘懸。青歸紫陌霑桃李,靜入虛堂韻管絃。明曉賣餳時節過,村莊晚箔看蠶眠。

贈印山上人

當時避亂到江村,暮雨山樓擁酒尊。別後刀兵飛劫火,夢餘雲水悟空門。無家萬里還相見,未死三生得共論。往事關心頻記憶,祇應難報是親恩。印山人燕尋其母氏。

送張真人還山二首

絳節朱幡覲玉京,遥從三殿祝長生。鼎中龍虎丹初伏,掌上風雷訣已成。自是清齋逢漢武,不將迂怪學孫卿。人間春色知休戀,洞口桃花歲自榮。

其　二

授將真誥列僊班,捧住祥雲縹緲間。閱世豈知龍漢劫？傳符應降鵠鳴山。呼來甘雨當壇注,歸去天風夾馭還。寄語麻姑休狡獪,丹砂不用駐童顏。

送周東侯遊閩二首

黎關東下水分流,兩岸爭馳一葉舟。夾漈雲深徵士宅,螺江波湧越王樓。黃橙綠橘孤村暮,清簟疎簾旅舍秋。我自辭家君作客,西風海色不禁愁。

其　二

碧海波澄雨氣收,輕裝好作幔亭遊。菴前誰種桄榔樹？溪畔人登舴艋舟。縱酒可能連日醉,看花應是隔年留。寒燈吹斷江南夢,露滴紅蕉一夜秋。

夕陽寮存稿卷九

七言律詩下

山菴秋梵八首 有序

癸亥九月念有七日，予依古槐和尚薙髮于燕山太子峪之觀音菴。山中早晚，各有課誦。初入僧寮，愧未閒也。窮秋多感，習氣難除，觸緒成吟，聊當清梵云爾。

清秋南國動波瀾，永夜西風落葉殘。四海難容真面目，百年空感舊衣冠。釣鰲人去蓬山杳，買駿臺荒易水寒。披卻袈裟塵事小，聊從壁觀覓心安。

其二

人間歲月易遷流，蟻鬪蝸爭卒未休。謾笑藏身依藕孔，可憐縮項入槎頭。報恩朝暮經三卷，閱世王侯土一丘。今日眉端高掛劍，可能長掃古今愁。

其三

水落桑乾夕照紅，孤村寂寞閉禪宮。每談忠孝師宗杲，不拜君親學遠公。月出飛飛烏遶樹，天寒咄咄雁書空。西山咫尺薇堪采，且盡浮生一夢中。

其四

峪名太子感燕丹，此地今宵雷雨寒。舊蹟荒涼餘野寺，浮踪漂泊厭儒冠。風旛影裏禪心定，鐘鼓聲中霸業殘。莫道荊卿疎劍術，由來一死幾人難？

其五

滄江流恨幾時平，竹杖芒鞋過此生。哭廟有人憐蜀主，殺身無客愧田橫。水中鹽味看難別，鏡裏空花畫不成。昨夜寒燈吹未滅，荒雞喔喔報天明。

其六

機忘鷗鳥已無猜，塵影猶然入夢來。淚盡管寧浮海桴，愁填葛亮祭風臺。

抛殘日月依空界，喚起魚龍辨劫灰。往事迢遥彈指頃，堂前法鼓一聲雷。

其　七

天涯垂老入空門，去國離家不易論。頻憶姓名同輩少，得歸鄉井幾人存？十霜久作并州客，七字閒吟賈島村。讀罷南屏安養賦，南方何事苦招魂？

其　八

雙槐影落寺庭幽，九品蓮臺好共游。龍樹寶函宣静夜，魚山清梵響高秋。心空自證光明藏，智拔同乘般若舟。千古英雄遺事業，等閒大海著微漚。

癸亥除夕

寒燈耿耿照無眠，五夜長依繡佛前。舊別家鄉經廿載，新逢僧臘是初年。團圞話憶龐居士，瘦削詩追賈浪僊。半世行藏今已定，餘生且了凡夫禪。

甲子元旦用舊韻

五更鐘動好安眠，免逐紅塵拜馬前。慟哭庚寅尋舊記，西臺慟哭，乃庚寅歲。標題甲子説新年。祇慚後死因逃墨，不愛長生豈學僊？寶網珠林經劫火，人間可是第三禪。佛書：劫火燒到三禪天而止。

人　日

東風不破鷺鷗眠，故國春歸白雁前。著水田衣思此日，簪銀旛勝記當年。江潭那見行吟客，闍崛曾聞忍辱僊。曉色晴和花柳媚，休將静坐學枯禪。

元　夜

佳節誰能事早眠？閒隨稚子踏街前。輕烟淡月春如水，獨客他鄉夜似年。燈火千門聯禁苑，魚龍百戲雜神僊。夢華遥感東京録，都付西方劫外禪。

丁雁水觀察入都，有詩見贈，次韻奉答二首

悠悠身世竟何憑？歸老空門歲月增。湖海有人憐俠客，乾坤無地著孤僧。

燕臺重見雙旌繞，廬嶽還期一杖登。喜把清詩吟過日，閒窗春雨正如繩。

其　二

雞栅漁竿不可憑，故園春水暮潮增。休從世外傳高士，且向人間作散僧。來詩云：人傳名士作高僧。鹿苑深秋期後約，龍門早歲憶先登。猶存知己三生感，惆悵天街望玉繩。

從寶華唯一和尚于慈隆戒壇完具有作

毘盧禮罷日初長，旛影風飄引妙香。自信沙彌今有主，誰云古佛久無光？迷塗已現金沙界，火宅仍爲寶剎坊。信是多生留種草，一期還得奉空王。

送香女入道

淒風苦雨冷衾裯，共命同林不到頭。乍脫釵鈿諸漏盡，一持瓶鉢萬緣休。迦音喚醒鴛鴦夢，貝葉翻殘苔菡秋。從此身依安養國，他生那得別離愁？

同張錫卣、鄒元煥宿司業達公齋堂，同限韻

西園翰墨屬公家，東觀談經散早衙。棋局邀人傾竹葉，詩情對客詠梅花。蔬陳玉版燒冬笋，水汲銀瓶注晚茶。坐久虛堂新月上，半庭雲影護窗紗。

送魏子函南歸惟度歿于中州，子函其姪也。

故園搖落非今日，燕市悲歌異昔時。五夜啼鵑魂斷絶，三秋歸燕羽差池。應劉初喪增新恨，嵇阮同遊感舊知。猶幸典型看尚在，滿天風雪讀君詩。

蠅

趨炎引類動成羣，侵曉營營到夕曛。偏欲止樊污白璧，偶能附驥躡青雲。屢隨熱客搖脣至，爭上嘉筵鼓翅紛。逐臭漫過東海畔，秋風零落寂無聞。

89

蚊

麥熟鼉眠處處飛,坐來庭院巧侵衣。香添金鴨聲初細,扇撲銀釭影乍稀。酒醒定教驚客夢,燈殘何事入人幃?看君利口盈朝市,憶我山齋静掩扉。

以端研贈鄭肯公

知子談經獨守玄,花間滴露染松烟。寄將溪底千年石,好寫山陰九萬箋。蕉白荷青俱妙品,紅絲金線總虛傳。邇來筆墨思焚棄,笑指茅菴號綠天。

歷　山　俗名千佛山。

青山依舊綠雲平,想見重華此地耕。洞壑何年留佛刹?風烟是處繞齊城。石中鏡影窺人老,樹底湖光潑眼明。東望海天殘照遠,憑欄一嘯悟浮生。

虞　帝　廟

崔嵬玉殿半苔封,落葉空階積幾重。陋巷居人穿廢井,深山野老拜遺容。地分齊魯猶崇祀,世際唐虞不再逢。岳牧諸臣同侍從,命官彷彿見夔龍。

七　忠　祠

遺廟淒涼落照餘,諸公抗節竟何如?可憐苦戰平都督,不及臨危鐵尚書。風雨孤城猶黯淡,河山故國已丘墟。峨眉亭上題詩客,千載傷心論革除。

白　雪　樓

西郊策蹇立斜陽,白雪樓高已就荒。人比建安誇七子,詩傳歷下繼三唐。曾無過客詢遺址,剩有飛花覆短墻。風雅九原如可作,別裁偽體欲相商。

己丑除夜疊前韻

檢盡奚囊竟不眠,看人兒女戲燈前。雲山夢遠空除夜,霜角聽殘又隔年。

惠遠書來期入社,印山師在金陵相候。李膺舟至競登僊。時諸公俱以計典入都。誰知丈室渾無事,默會維摩病裏禪。

丙寅元旦

剝啄聲高破曉眠,晨光倏忽照窗前。繁華眼盡三千界,離亂身經六十年。行苦早堪同乞士,顏衰今已類癯僊。往來冠蓋紛如織,贏得無心即是禪。

人 日

黯黯青山似醉眠,攜將藜杖倚風前。晴明難得逢人日,衰老其如屬兔年。予生丁卯歲。遺墨幾行臨草聖,殘棊半局譜秋僊。客中閒過消寒候,撥盡鑪灰嬾坐禪。

元 夕

花未齊開柳未眠,千枝火樹燦庭前。風光好惜惟元夜,樂事難追是少年。歌詠自堪同野老,遨遊何必挾飛僊。祇應會得香嚴意,立地無錐卻悟禪。

送黃定可少府回杭署

湖上題詩記昔年,湖光山色想依然。使君風雅追蘇守,野衲伴狂憶濟顛。筆墨時留歌妓院,袈裟偶上酒家船。半間雲屋如堪傍,應共梅花訂夙緣。

新柳詩

拖烟拂水嫩如絲,獨立閒亭暮雨時。栗里初成元亮傳,永豐新誦樂天詩。玉樓十二重遮目,金粉三千細上眉。寄語行人休折贈,深宮長伴萬年枝。

趵突泉次趙松雪韻四首

湧輪之泉域內無,玉女倒瀉三漿壺。有時伏地不曾現,隨處逢源未嘗枯。

遠聽雷霆鼓暗谷,近看冰雪飛晴湖。憑欄久立心目眩,恍惚身同雲鶴孤。

其　二

巨湍激石崩崖無,小滴玉漏催銅壺。機設漢陰竟日轉,潮通海眼幾時枯？居人尚説娥姜水,傲吏宜署郎官湖。閒掃莓苔坐垂釣,泉亭好似江帆孤。

其　三

泉上詩人宅有無,樓存白雪跨蓬壺。傾將雲母千年液,潤卻霜毫一寸枯。華鵲兩峰高作柱,珍珠萬斛散爲湖。山川秀出人文盛,雄立騷壇自不孤。

其　四

風輪下擊水輪無,誰棄千金覓一壺？人世難逢慈筏度,吾生那得愛河枯？桃花春水迷秦洞,蓴菜秋風憶泖湖。祇恐手中龍杖失,東遊萬里旅懷孤。

同王秋史、鄭遠公遊龍洞山,次李滄溟韻四首

溪廻峰側隱龍宮,上界雷聲下界同。時有黃冠來禱雨,何妨白帢坐吟風？錦屏環列藏春色,石瓮高懸露鬼工。惆悵登臨留禹蹟,蒼山百里岱雲中。

其　二

五月山寒客緼袍,烹將苦茗當村醪。洞中燃炬靈源杳,峰頂垂繩怪穴高。雲水幾重通肺腑,冰霜強半上顛毛。文螭爲駕霓旌引,髣髴當年詠楚騷。

其　三

蒼壁丹崖映翠屏,洞門苔澀晝常扃。峰尖落照懸孤塔,谷口閒雲護小亭。水盡寒潭龍氣黑,天圍平野嶽痕青。籬邊犬吠頻嘷客,駭作孤村吠豹聽。

其　四

獨秀峰高迥不羣,蒼藤古木自紛紛。崖摹壽聖坡公筆,碑刻元豐宋代文。龍蟄驟驅三伏雨,人歸遥踏一溪雲。空山歲久無遊客,幽探還應讓與君。

題黃健可敬軒和韻

明湖菡萏映晴天,好似佳人鏡裏妍。柳岸淒迷青嶂外,花窗窈窕綠波前。

經營始就當三月,風景重過又一年。昨夜嚴城寒雨入,挑燈新讀寄來篇。

金陵懷古二首

龍蟠虎踞帝王都,舉目河山王氣無。宗社南遷猶是宋,樓艦西下已非吳。軍中乍見妖星墜,宮內空懸幕井枯。歎息廣陵人去後,秋風落葉滿平蕪。

其二

風吹蘆荻作秋聲,夢裏猶疑舊戰爭。烽火久銷京口戍,寒潮還打石頭城。長江自昔稱天塹,滄海何年洗甲兵?我本烟波垂釣客,孤舟今夜月空明。

登清涼山絕頂,次李素園少參韻二首

江山文物數前朝,獨立孤峰四望遙。嶺霧橫開鍾阜色,天風吹送石城潮。燕歸舊巷辭金屋,鳳去荒臺斷玉簫。直欲尋僧談往事,雲關深閉晝寥寥。

其二

遠浦哀鴻不耐聽,孤踪聊伴片雲停。人間那有清涼界,天外空餘木末亭。九月霜寒秋水碧,六朝松老暮山青。年來頓覺塵緣少,何用行吟歎獨醒?

雞鳴寺

六朝遺恨憶蕭梁,衰草荒臺下夕陽。帝曆自應關氣運,佛門原不管興亡。河山百戰歸真主,樓閣千年住法王。歎息人間俱夢幻,海天無限轉蒼茫。

燕子磯

縹緲山形似燕飛,清江不改舊漁磯。亭依怪石千層立,閣跨重關一線圍。禾黍秋風孤客過,烟波落日老僧歸。登臨自是多愁思,野渡征航往事非。

長干塔燈,次龔文思韻二首

突兀浮圖鎮一方,赤烏年代未全荒。懸燈直貫金輪上,倒影斜侵玉闕傍。

永夜城中瞻瑞色,有時天外現毫光。分明千朵曇花遶,焰焰疑開紅佛桑。

其　　二

層霄照徹自通幽,輕靄微塵一望收。户外七星長北掛,空中大火正西流。光連日月諸天曉,影落江湖白帝秋。不是神僧求舍利,那能佛法遍南州?

信州一杯亭 祀趙公汝愚。

扁舟遙向斷崖停,路入溪南繞翠屏。宋社空傳三百載,宗臣猶剩一杯亭。烟中古寺藏村暗,雨後靈山帶郭青。有客攜琴彈石畔,天風吹送隔林聽。

接　　巖

竹外柴門晝不關,空林唯見鳥飛還。崖從太古開深洞,僧自唐朝住此山。午飯新炊黃米熟,孤筇舊撥白雲間。歸途路接南巖近,遙望層巒暮靄間。

南巖次朱文公韻

天開靈境隱崇岡,山色周遭共鬱蒼。爲問樵人攀鳥道,來尋野衲叩雲房。層層翠巘函金界,滴滴清泉墜玉漿。喜有名儒留勝蹟,千秋朱陸總同堂。

黃　鶴　樓

片帆風送楚江湄,黃鶴樓登暮雨時。自是眼前常有景,不應題後遂無詩。洲連鸚鵡村連郭,山遠鳳凰水遠陂。咫尺漢陽烟樹接,梅花玉笛共參差。

洪　山　寺

峰巔孤塔鬱嵯峨,石磴盤紆接薜蘿。棟宇重更隋日月,雲烟空幻楚山河。湖光野色依簷入,獨鶴飢鴉掠樹過。施盡金錢猶似昨,百年興廢待如何?

鐵　佛　寺

當年楚國此分封,梵剎參差碧瓦重。石現西來阿育像,土埋南渡帥臣鐘。

感時懷古情難遣，到處參方老自慵。塵劫茫茫成俄頃，雪泥鴻爪本無蹤。明楚藩獵于江畔，掘地得石羅漢像二，宋孟琪所鑄巨鐘一，俱置寺中。

黃龍寺感懷，呈廉使丁雁水四首

紫雲山下又經秋，一鉢真成萬里遊。自禮黃龍機祖塔，誰同青翰鄂君舟？文章命薄才人恨，宮殿基荒帝子愁。江水不知今古換，沅湘依舊向東流。

其　二

黃龍說法老空山，潛引倦人到此間。縹緲孤亭飛劍杳，蒼涼別院鎖雲閒。千年公案誰能定？一句當機自透關。莫悔從前心錯用，不教住世髩毛斑。寺傍有飛劍亭，呂真人參黃龍晦機禪師處。

其　三

老向空門寄此身，百年終是負君親。餘生未了看經債，再世當爲讀史人。古寺秋風吟蟋蟀，荒山夜雨滴松筠。殘燈掛壁難成夢，化蝶翩翩恐未真。余欲訪蒼林師于上方山閱藏，同陳亶齋先生論定廿一史，皆不如願。

其　四

寒鐘敲徹五更天，風雪蕭蕭夜不眠。出世還留文字業，無家寧斷友朋緣。欲將意氣酬知己，但覺形容老去年。歸向舊山深處隱，清波待喚渡頭船。

徐子星方伯過寺相訪，有詩見贈，次答

石城舊第原依水，鄂渚新居卻傍山。乘興還過白馬寺，接談曾透黃龍關。功名掉臂看成淡，著述經心想未閒。爲憶謝公墩上月，他年可許共追攀。

晤鄭荊璞于清風書院話舊有感

官閒大抵似僧貧，門掩清風甑掩塵。二十年中君佐郡，三千里外我依人。名山無處尋精舍，當路何時據要津？可待懸車來卜隱，吟編書卷得長親。

張夏鍾留寓武昌，過訪賦贈

燕山一別十年餘，鄂渚相逢問索居。自是文章多骯髒，那能官職不消除？

到門時有梁園客,連屋惟存鄴架書。好向滄江歸舊隱,茂陵述作待相如。

丁勖菴將遊湖南,過寺言別,賦贈

纔爲黃鶴樓前客,又泛南湖彩鷁舟。木落遙瞻衡嶽曉,波晴吟過洞庭秋。長沙才子偏多感,湘水騷人且自愁。歲晚歸來約相訪,會須同作秭陵遊。

同蔣玉淵、林公韞重遊洪山寺

亂後名山得再遊,蕭條風景屬殘秋。菊開荒徑餘啼鳥,潮落空江不下鷗。坐聽高僧談往劫,行陪騷客散窮愁。經年少踏松關路,一任閒雲自去留。

重登黃鶴樓

渺渺輕帆送夕暉,憑欄四望欲何依?樓中玉笛無今古,洞裏黃金有是非。亂後難逢遊客過,重來深感故人稀。回頭往事真成夢,唯見空江一鶴啼。

冬日即事,同崔玉及、王耕書、蔣玉淵拈得陽字

飄風烈日冬猶熱,薄靄輕陰晝乍涼。兵革氣銷遲好雨,葭灰節近動微陽。江空水落蛟龍窟,歲晚人分雁鶩糧。何事楚山留滯久?愁時仍感鬢毛霜。

送楚雲和尚歸攝山

壽昌法席盛當年,力荷宗風屬後賢。直下鉗錘醫末俗,翻將文字說真禪。遊窮絕塞鶯花日,歸渡長淮雨雪天。遙想山中春草綠,約看江月上波圓。

夕陽寮詩四首 并序

予于癸卯秋從鷺島涉江,棲止無定。戊申,舍弟輩移居邑東夕陽山下。山有夕陽寺,唐宣宗爲沙彌時遊息處也。庚申,返自京師,葬二親于山麓。念欲歸隱此山,守先人丘壠,有懷未遂。癸亥,予在燕山依古槐老人薙髮,從此故鄉亦

不復思返矣。戊辰，訪廉使丁雁水于武昌，遭叛兵之難，廉使以他累調姚安守，臨行留草堂資。明年，予至金陵，買屋城南青溪之上，都閫參軍傅令如爲予修葺。于時寒雨初晴，夕陽在樹，詠鄭所南"天下皆秋雨，山中自夕陽"之句，淒然有舊山之感。棲霞楚公爲予扁曰"夕陽寮"，因成四律，寄諸同社。

新買青溪屋數椽，暫辭雲水息殘年。低佪小閣看花立，潦倒西窗聽雨眠。自是無才甘棄世，非關有累學逃禪。鄉山回首真成夢，閒卻滄波舊釣船。

其　　二

風塵擾擾未能閒，雲臥隨緣住半間。他日溪頭秋水屋，當年江上夕陽山。天涯漂泊終懷土，人事蕭條且閉關。焉得西鄰雷處士，高談名理證真還？

其　　三

嚴冬旭日照吾廬，甕有黃虀架有書。嬾不絕交交自淡，狂非憤世世仍疏。道傍苔井和泥汲，墻角花畦帶雪鋤。敗葉填門深巷靜，卧聽村皷歲將除。

其　　四

竹罏深擁掩荊扉，何處堪容乞食歸？歌舞荒涼姬院廢，河山阻絕故人稀。魚潛積藻寧甘餌，雀喋寒梅亦苦饑。望斷海天雲漠漠，夜燈禪榻總相依。

李素園少參邀集遯園，次龔文思韻

招隱何須詠小山，茅亭高峙擁花關。峰開天闕雲千疊，潮滿臺城水一灣。永日詩書長不厭，衰年杖屨早能閒。道人曾是忘機客，笑倚春風乍解顔。

過廣陵，贈施潯江刺史

嘉筵勝賞記韓歐，千古才人宦此州。水部花前東閣興，樊川夢裏狹斜遊。當年競説文章貴，今日兼傳政事優。飄落惟餘淮海客，廿橋明月暫遲留。

羅容菴大尹邀集西園，同沈訥遠、戚友石分得寬字

誰闢閒園十畝寬，危樓飛磴俯層巒。爲嫌野鳥喧歌席，卻羨溪魚避釣竿。

竹外傳杯催晝永，花間覓句送春殘。佳遊自昔知難再，晴日還陪看藥欄。

咸陽懷古

咸陽一炬久成灰，惟見驪山夕照開。霸業王風前史在，秦陵漢寢後人哀。探丸莫問當時俠，獻賦慚非異代才。白首西京容策蹇，聊尋蒼頡造書臺。

題柳聲軒

孤村廻抱漢江斜，江上茅堂處士家。芹浦香泥登燕壘，柳塘春水浸魚叉。掀簾客至嘗新茗，遶砌人閒數落花。深感浮蹤歸未得，故園經歲鎖烟霞。

白雪亭和韻六首 有序

亭在府治丞廳之側，與陽春臺對峙，前爲孟亭，相傳孟浩然踏雪尋梅于此。王維畫浩然像于廳壁，石刻猶存，歲久，亭漸頹毀。辛未秋，予出武關，過安陸，適郡丞鄭荊璞重加修葺，仍和前太守孫公文龍詩六首。予隨續和諸公繼作，刻成卷帙。明年春，荊璞攝篆荊門，予亦將歸白下。念勝友不逢，佳遊難再，遂疊和前韻共詩一十二首，非徒感歎古人，亦以酬答知己云爾。

遙買扁舟下漢東，郢都何處問遺宮？歌來白雪無人和，尋去梅花有客同。弔古千年耆舊杳，憑高一望海天空。蘭臺咫尺尤相近，正好披襟受午風。

其二

自愧疎狂一老夫，每逢佳景輒歡呼。僊人仍復燒丹否，神女還應解佩無？流水長環官舍冷，羣峰齊揖客亭孤。江湖十載逢搖落，誰識高陽舊酒徒？

其三

東南澤國水雲鄉，佳氣浮來尚鬱蒼。自是江山多秀麗，應知屈宋有文章。樓邊夜雨羈棲客，陌上春風游冶郎。指點楚宮今泯滅，百年光景爲誰忙？

其四

浩然摩詰兩詩人，短句長篇最有神。畫像當年仍似舊，名亭今日又重新。

爲尋古蹟常遊楚，卻訪良朋近別秦。恨不同時看述作，一瓢終老漢江濱。

其　　五

楚山雲雨落臺端，秀色迎人自可餐。故國惟留詞賦在，客堂空見鷺鷗寒。收將烟水歸蘭棹，厭入風塵混籜冠。衰鬢逢秋悲老大，黃花徒作夢中看。

其　　六

空江木落冷楓天，微雨蕭疎共颯然。樓瞰千山沉暮靄，城臨三户起秋烟。騷人勝事堪傳後，貳守風流豈讓前？重種官梅開幾樹，占將春色入新年。

白雪亭重和前韻六首

十年踪跡愧西東，郊郢南來問渚宮。亭榭萋萋春草綠，江天漠漠暮雲同。騷宗屈宋才華盛，代易莊襄霸業空。一自國中歌白雪，于今楚些有遺風。

其　　二

憑弔沉湘屈大夫，招魂江上日哀呼。師生誼重今尤少，臣主交深古亦無。往事當年雲共散，羇懷此夜月同孤。投騷尚有長沙客，浩歎斯人亦我徒。

其　　三

客裏他鄉似故鄉，親朋依舊鬢毛蒼。楚天風急無歸雁，京國人來有報章。官閣梅花吟水部，玄都桃樹感劉郎。憐余只着荷衣去，猶伴閒雲到處忙。

其　　四

高唐賦就屬騷人，雲雨荒臺夢有神。山鳥啼殘陵谷換，野花開遍市朝新。出關陳軫終輸楚，割地懷王早入秦。落日只今登故壘，漁歌猶唱大江濱。

其　　五

孟老遺圖繪壁端，故人相憶不能餐。寄將詩句江山遠，尋遍梅花雨雪寒。尚有巍亭臨北郭，何來羇客歎南冠？飄零總賴同袍友，仍作襄陽耆舊看。

其　　六

地迥憑虛望遠天，孤臺對峙共巍然。柳迷官驛荆門雨，草長平湖夢澤烟。黃絹捫碑行樹外，青尊讀史坐燈前。相逢莫謾輕離別，歸去滄江又隔年。

重返金陵，聞丁雁水已復廉使，將自滇還吳，便道入京，因次杜少陵將赴成都草堂途中有作，先寄嚴鄭公韻五首

忽聞徵詔出清都，司憲仍前捧舊符。去日炎風吹絕域，回時春色入平蕪。感恩父老攀車送，投分親朋問酒酤。萬里滇雲今咫尺，也應稱慶到狂夫。

其　二

楚江風起動青蘋，重返金陵度早春。兩載舟車空作客，半生瓢笠愧依人。題扉韓愈曾相訪，卜築王翰願結鄰。喜見畫堂榮晝錦，花香燕語入簾新。

其　三

一枝深巷接清溪，來往通橋路不迷。後騎還瞻淮水北，前帆應到石城西。寧家黃鳥笙調舌，赴闕青驄草沒蹄。爲報翟公門下客，不教交誼隔雲泥。

其　四

種得名花遍曲欄，數間茅屋帶清湍。春風碧草雙遊屐，秋水斜陽一釣竿。入世好將調玉燭，出塵何用覓金丹？他年綠野追陪日，檢點雲篇欲和難。

其　五

爨烟斷續午風微，垂老漂流漸憶歸。事去應知城市改，書來未覺故人非。登樓賦就思王粲，入洛名成愧陸機。今日浣花煩地主，慇懃重見詠緇衣。時故鄉諸公有書請予重還舊山。

五月望日泛舟秦淮，夜觀燈船，同黃去非、丁獻汝作

已拚佳節過天中，仍撥蘭橈趁晚風。萬點星光燈照水，一輪月影鏡懸空。當筵歌管來青鳥，夾岸樓臺駕彩虹。泛盡秦淮三百曲，誰憐花草沒吳宮？

夕陽寮存稿卷十

五言排律

抒懷一百韻

鷺島經年別，螺江獨夜思。孤踪來嶺嶠，夙夢到溪湄。僊樂鄉仍在，官榮蹟尚遺。陸秀夫勒"官榮"二字于島石，合之乃"宋"字也。金盆羅几案，玉笏拄階墀。蓮坂荷舒葉，簣簹竹瀉枝。五峰巖上下，萬石洞參差。鼓浪高浮嶼，層灣曲遶碕。天低日月峽，潮漲鳳凰陂。以上皆島中之景。井寵紛如繡，田園畫若棊。花饒蘭與桂，果茂橘兼棃。大火荔支熟，輕霜柿子垂。江魚嘉入誌，土蕷爛充糜。市市餘鱸鱖，家家賤蛤蜊。香秔供酒醴，吉貝代蠶絲。問俗安淳厚，觀風遠鄙俚。隋唐初闢地，陳薛首開基。唐陳黯、薛令之居此島，稱"南陳北薛"。鋤棘尋荒址，捫苔認斷碑。雲深太保廟，木老王公祠。祠王審知也。卒自明朝戍，民從固始移。島民皆光州固始縣人。幾曾聞理亂，不復論興衰。弔古空成恨，感懷良在茲。伊予生長日，值世盛平時。邊海波濤息，中原珠玉馳。派承昭毅裔，予祖居金陵，洪武年間，以軍功襲百戶，移屯中左所。居傍里仁坻。隆萬衣冠樸，朱陳嫁娶宜。少年慚穎慧，僻性愛遊嬉。督責煩親友，提攜賴父師。粗能通魯論，頗會誦毛詩。舊史閒中駁，殘經解後疑。窮冬常矻矻，繼晷復孜孜。稍習雕蟲巧，爭誇刻楮奇。正言遵董賈，雄辨鄙秦儀。謾倚穿楊技，徒矜脫穎錐。遭逢偏不偶，淪落竟堪悲。雨雪埋書劍，風霜換鬢眉。言從軍旅後，暫與簡編辭。河漢圖清濯，雲霄擬暗窺。未傳黃石略，姑試博浪椎。泛泛波間楫，悠悠岸上旂。壯猷終莫展，弩力亦奚為？淺灤趨鳧鶩，豐林臥鹿麋。徐收鶯鳥擊，陛免驊騮馳。濟世雖無術，謀生幸有資。閒園重草創，陋室蓋茅茨。翠幕因風捲，衡門帶雨欹。藤蘿懸峭壁，杞菊間疏籬。

曲折芙蓉徑,週遭荇菜池。柳橋斜繫艇,花塢密張幃。引睡書連屋,消愁酒滿卮。西郊招逸客,北里聚歌姬。狼藉醒還醉,喧呼巷及逵。纏頭分次第,賦手定妍媸。不覺韶光轉,難將樂事追。天陰愁霧合,月望怨雲虧。涸轍憐魚泣,投羅歎雉危。三更聞畫角,廿口走天涯。濁浪蛟宮徙,狂飈颶母吹。焚巢驚燕雀,搜穴竄狐狸。殺氣青山暝,哭聲流水漪。攜筇呼老父,荷擔挈嬌兒。文圃聊因樹,清溪復采芝。癸卯秋,予渡江,寓文圃山中孚村。明年春,移寓清溪坂頭。纔堪蘇喘息,未暇痛瘡痍。囊澀頻防盜,年荒數苦飢。舌耕微自給,肺渴久難支。遇汲賖脩綆,逢春失短犁。所嗟嘗苦蘖,反類飽甘薺。一病過三月,百憂銷寸肌。村巫憑祭鬼,田叟勸求醫。漸喜形神爽,終傷氣力疲。身癯同野鶴,頸縮似泥龜。不死方知命,貪生始悟癡。輕烟迷潤正,零雨浥江蘺。中澤哀鴻雁,空山叫子規。隱衷仍惻惻,行道正遲遲。出晝懷三宿,奔吳憶五噫。窮秋長跋涉,逆旅乍追隨。別舘侵星發,扁舟向晚維。綠波衝杳渺,青嶂陟逶迤。聊爾因人熱,猶然哭路歧。城東廬舍定,垣內草萊披。勁節培叢竹,貞心種露葵。噆膚驅蚤蚋,逐臭遠蠅蚳。兩弟同流寓,全家免別離。甲辰秋,予同黃訒園客長樂。九月,舍弟葦自清溪攜眷同住。芳鄰分夜燭,健婦理晨炊。叩戶言辭拙,依人顏色卑。撫膺增感慨,反袂更嗟咨。劫運丁陽九,征途歷險巇。滄桑多變易,禾黍總淒其。今昔終非我,行藏欲語誰？金純憑煅煉,玉潔任磷緇。處世羞脂韋,登場賤喔咿。恥貧焉足議,安分又何訾？甘以不才棄,無爲好爵縻。勳名長已矣,窮達且由之。丘壑容棲遯,林泉得悅怡。一竿歸舊隱,斗酒勞新蓄。聽偈參黃檗,遊僊訪武夷。竺書方衲寄,丹藥道人貽。物役勞當息,心齋靜可期。江湖看浩蕩,惟有白鷗知。

石　鼓

石頑留太古,制樸自先秦。入雅詩疑逸,評書籒迫真。作春埋草澤,置廟重成均。京國斯文在,歧陽舊跡湮。環門十具數,列廡五分陳。斑剥光彝鼎,幽靈閟鬼神。肅瞻趨士子,摹搨走山人。王董文參考,王厚之、董逌有《石鼓考》。韓蘇句絕倫。早年徒想像,垂老得咨詢。殘雪融城闕,和風吹路塵。維時當西歲,爾日正丁辰。式對先朝物，私欣異代民。成宣如在御，周召儼來賓。庭栢羅行列，池芹薦藻蘋。尼山同照耀，經史共千春。

送曾則通歸峽江

萬里行吟客，三年未死身。誰知永初後，猶見義熙民。回首亂離日，驚心羈旅辰。挑燈多感慨，撫卷益酸辛。欽子承家學，同予竄海濱。魯連辭爵賞，蔣詡遂沉淪。自背先師訓，曾二雲閣師。空懷故國春。相逢渾似夢，欲別更傷神。烟水西江路，風霜北塞塵。歲寒期勿替，珍重保松筠。

七 言 排 律

寄姚安刺史丁雁水

天涯何處不春陽，花自齊開草自芳。配嶽蒼山遙點點，傾河洱水曲湯湯。彩雲如蓋騰樓閣，甘雨隨車沃土疆。蠻女採茶供屬客，峒酋攜榼獻公堂。專城坐擁同侯國，職貢行輸到上方。謫宦纔知五馬貴，承恩莫問雙蛾長。三年報最非留滯，萬里回旌有寵光。周室甸宣推召虎，漢家勳業重龔黃。夙經患難身難屈，乍歷艱危道愈昌。憶昔題詩逢賀監，至今倒屣說中郎。沃州欲遂支公隱，廣武偏憐阮籍狂。賦就垂邀皇甫序，名湮直藉史遷彰。邇來卜築青溪上，他日趨陪綠野旁。滇海風塵馳驛使，吳門烟月夢家鄉。楚弓偶失終還得，豐劍雖埋豈久藏？惟念嶺梅搖落後，江關空見雁南翔。

夕陽寮存稿卷十一

五言絕句

初有菴二首

古寺依蒼壁，寒溪漾碧流。雲歸雙徑杳，葉下萬山秋。

其二

僧掃林間石，童烹雨後泉。不知山早晚，村塢有炊烟。

廣陵

岸柳藏歌館，山花映酒樓。廣陵如不醉，何處更銷愁？

曉過盧溝

夜半霜蹄滑，燈帘颭酒樓。西山殘雪在，落月照盧溝。

寒月和韻二首

落日掩衡門，天寒燒槲柮。半生湖海人，三見長安月。

其二

昔照少年塲，今添衰鬂白。夜深不復眠，寒鴉與孤客。

古別離

嗚咽嶺頭水，水聲何太悲？所恨分流去，東西無見期。

禰鼓吏

禰衡鄙阿瞞，蟻視一黃祖。文心鸚鵡賦，英氣漁陽鼓。

阮步兵

嗣宗稱至慎,猖狂讎俗客。口雖斷雌黃,眼卻留青白。

陶處士

陶公隱逸士,作令賦歸來。偶然書甲子,何用別疑猜?

李謫僊

太白識汾陽,唐室藉興復。不免夜郎行,仍下潯陽獄。

蘇學士

子瞻屢遭讒,詩案類變雅。元祐多逐臣,豈盡作詩者?

彈琴峽

泠泠匣中絃,流泉蒼壁下。絕塞不逢人,誰是知音者?

昌平遇雨至沙河

下馬沽村酒,前山宿霧多。春泥三十里,帶雨渡沙河。

清河暮歸

向晚東風急,烟開日復斜。西山添翠色,一路送還家。

明妃 怨得花字。

丹青雖有恨,紈扇不須嗟。試問漢宮草,何如胡地花?

瓶花

園內花初落,瓶中葉尚青。抱枝雙蝶睡,午夢帶香醒。

砧聲

秋在一聲砧,坐嘆空閨晚。焉得藉秋風,吹入邊塞遠?

聞鴉

萬點風飄急,呼羣每共棲。寒霜催客早,偏向夜中啼。

龍泉寺元妙嚴公主拜磚

五體勤投地,雙痕似溜穿。西方月上女,光現匣中磚。

摩訶菴

小院似書齋,僧窗獨閒雅。何處遠聞香?風來牡丹下。

齋星陀

雲髻拄危冠,僧棲猿鳥絕。夜叩天外鐘,峰間墜明月。

合掌石

山中留片石,合掌禮空王。悟得雲根净,螺文夜放光。

修竹坪

山深無俗客,自長碧瑯玕。欲護千尋影,煩施五尺欄。

銀山十景

白銀峰

我家住銀同,久作金臺客。一夜望三峰,仍湧白銀色。

鐵壁寺

峭壁聳層巒,禪棲結此間。長懸孤月在,照破鐵圍山。

說法臺

誰登說法臺，了無法可說。山色與溪聲，都嫌太饒舌。

中峰頂

鐵鑱掛銀峰，飛欄扶絕頂。曉隨烟雨來，萬山睡未醒。

濛　泉

井甃清泉冷，光涵夏月冰。夜深僧入定，休轉轆轤繩。

七　塔

七塔庭中立，參差烟靄間。放光無夜夜，多寶現銀山。

古佛巖

洞門留斧跡，秋雨長莓苔。古佛何年住？曾從賢劫來。

松棚菴

雙松夾寺門，松子門前落。鐘定白雲歸，松間有棲鶴。

宴坐巖

夕巖常宴坐，山鬼月中行。宿鳥依枝定，空林一葉聲。

掛衲松

千歲青松在，高僧掛衲衣。松陰多薜荔，留贈野人歸。

郊　行

帶雨千畦綠，穿雲一逕斜。咸陽爲客久，欲種邵平瓜。

以畫眉餉哲遠

客中知寂寞，終日坐花窗。爲寄家園鳥，畫眉恰一雙。

風　箏

高下正隨風，宮商調不同。夢魂敲欲斷，偏在五更中。

麏

幸免厨人厄,長眠園草間。夜來風雪緊,獵火照西山。

雲罩寺

空掩雲關卧,霜風到榻寒。尋常山上月,讓與衲僧看。

送丘東侯北上,兼寄鄭遠齋二首

憶別燕雲久,因君折嶺梅。長安春色早,不到秣陵來。

其二

舊交凋謝盡,北望悵何依?爲問盧溝水,羈人歸不歸?

胡靜夫招遊北山看花不果

興逐年光減,看花亦後期。北山桃李月,辜負眉菴詩。

戴務斿、杜蒼畧、張南村集朱林脩宅

江令留遺宅,溪花幾度春。清談餘我輩,還似六朝人。

夕陽寮存稿卷十二

七言絕句

建溪舟次和韻

輕烟漠漠雨淒淒,一疊山廻一曲溪。日暮小舟爭泊處,半林月上有鴉啼。

倦霞嶺

羣峰羅列鑲重關,鳥道孤懸不可攀。自聽東風啼杜宇,落花一夜滿空山。

小竿嶺

欅柳枝垂滿樹花,千竿修竹野人家。嶺頭新蓋松棚小,客過山僧喚喫茶。

杭州五日二首

五月輕舟下武林,錢塘江畔竹樓深。恰從客裏逢佳節,臥看湖山十畝陰。

其二

溪山猶是古杭州,面水人家處處樓。欲去西湖看競渡,不堪獨上採菱舟。

真娘墓

香魂埋土劍池邊,宿草寒生日暮烟。兒女英雄千載夢,客來閒枕石頭眠。

揚子江

空江微雨浪層層,咫尺金山不可登。天際歸航浮幾點,海門東去望金陵。

早過滁州

百里青山半夜程,雲開樹杪見層城。淮南山水真奇絶,不爲醉翁始得名。

與陳亦人話別

半壁殘燈照別離,天寒話舊起鄉思。山城歲晚多風雨,不似清江夜月時。

上谷歌四首

塞門風土樂耕鋤,秔稻秋成載滿車。射取山麛供作脯,洋河春水冷無魚。

其二

冰泉雪甕釀春風,北客呼盧飲帳中。謾道蒲萄來漢土,三杯上馬頰雙紅。

其三

高懸銀的將臺中,射中當心一捻紅。暗徙小棚過百步,男兒恨不挽強弓。

其四

邊兒馬瘦走如飛,漢卒騎來只揀肥。歲歲回中驅萬疋,一齊換取錦繒歸。

納涼

晨來晏起日科頭,簾捲花風半上鈎。但使塵心清似水,已教庭院冷如秋。

瓦上霜和韻

霜色平鋪萬瓦殘,春城曉望白漫漫。從教日出都消盡,無那西風一夜寒。

點白香山集完,留贈哲象,因題卷後

十年京國閒無事,點定香山幾卷詩。今日贈君留几上,還如相對夜吟時。

附哲象和詩:重承嘉惠香山卷,兼寫情懷白雪詩。正是寒窗風雨夜,不堪燈下獨吟時。

碧雲寺二首

僊宮高擁碧雲深,風起花飛滿院陰。七十老僧談舊事,白頭遊客最傷心。

其 二

紅塵碧海自紛紛,依舊青山覆白雲。香火僧供寒食紙,一盂誰上五人墳?

萬壽寺鐘

笠文範就露錐鋒,一部經聲出九重。不似南朝基業淺,海西空剩景陽鐘。

慈壽寺

浮圖高閣幻丹青,廣施三檀出內廷。海印雷陽方謫戍,夢中空授九蓮經。

麥莊橋

一路秋光接水低,青羅遙帶玉河西。行人不用過橋去,直到湖邊看柳堤。

仰山村

誤入西峰第幾灣,溪花未放馬蹄閒。樵夫不指巖頭路,今夜還應宿仰山。

朝陽洞

古洞燒殘見劫痕,人間石火自朝昏。禪僧不誦華嚴卷,夜夜空山嘯白猿。

斗笠泉

峰分鹿角朝陽暖,水幻龍睛夜氣寒。膽鏡額珠名不得,山人祇作斗泉看。

盤山定光佛塔

寶塔孤峰頂上開,一輪斜影落邊臺。何人除夜山中宿,共看千燈繞塔來?

欲探白猿洞、僊人橋之勝,而遊客鮮有至者二首

白猿寺外白猿洞,洞杳雲深客不來。嬾向袁公呈劍術,玉簪休叩洞門開。

其　　二

石橋一線少人過，縱值雲英可奈何？自是凡身毛羽短，綠雲深處隱僊娥。

題　盤　山　圖

三十年前曾見畫，而今垂老得親遊。昨宵一覺青山夢，試問圖中可似不？

花朝郭外偶占

不知今日是花朝，但見東風颭柳條。何處人逢金管醉？驟來客避玉驄驕。

讀宋宰甫填詞

一卷清詞似草窗，收將花月滿春江。風流小宋良宵永，聽取歌鬟拍版雙。

玉　簪　花

蕊珠僊子乘波回，墜下瓊簪落卉胎。一夜漢宮收不住，因風吹向人間來。

夏　日　偶　成

屋小如瓶暑氣蒸，日長消盡一壺冰。何人竹塢松窗下，麈尾閒驅凍腳蠅？

八　達　嶺

陡絕堪容一騎行，千崖萬壑遠泉聲。分明記取僊霞路，初出閩關第一程。

出岔道口，狂風大作，杳無人烟，午後至小榆林堡

壟東堆外少人烟，磧裏風吹二月天。不是青青榆柳色，馬嘶何處覓清泉？

宿　土　木

鴉飛曠野日黃昏，小店張燈獨掩門。白草黃沙餘暴骨，清明細雨盡歸魂。

觀　　棋六首　周東侯、鄒元煥對局。

臯城周子弈中禪,悟得箇中一著先。我似爛柯山上客,人間又復見秋僊。

其　　二

渾然太極本涵三,低手徒從落子參。十九道中空界在,蜀山休聽婦姑談。

其　　三

鄒子後來更用奇,侵邊奪角腹雙持。偏師雪夜平淮蔡,並許中原建鼓旂。

其　　四

半庭秋雨一簾寒,小角斜飛局未殘。莫遣忙中鬆一子,縱教國手救應難。

其　　五

長日無心已息機,滿枰翻覆是耶非。即今誰命東山駕,賭取張玄別墅歸?

其　　六

擾擾干戈未得閒,六朝殘照楚江山。當機勝負誰能決?只在傍觀袖手間。

送　　春

何事春歸客未歸?酒中連日見花飛。年年似共親知別,暮雨關山一染衣。

夜　聞　鵩　鳥

載鬼一車羣鬼鳴,壯夫掩耳懦夫驚。羈人不是長沙傅,開戶滿天星月明。

重到芙蓉菴,定慧、靈玉二上人俱已化去,
因銘其塔,題二絕句

柳絲和雨浣芳塵,石上精魂劫外身。寂寞影堂深閉後,芙蓉秋水貌師真。

其　　二

塔中月落正三更,閣上珠簾捲夜明。慧劍雙埋光自照,千秋長護灌嬰城。

過　鄱　陽　湖

五老烟中如揖客,二孤波上故迎船。東風向晚吹潮急,湖口鐘聲到枕邊。

白臙脂花

雪態冰姿迥不同，夜深遙在月明中。傍人不解秋花意，猶道臙脂滴滴紅。

上元曲和韻四首

分明瓊島即蓬壺，萬歲山前徹夜呼。月印清波雙合璧，燈懸高閣巧聯珠。

其　二
新月如眉髻似雲，琵琶馬上唱明君。玉清別有朝元曲，不是僊班那得聞？

其　三
玉蝀橋頭過鈿車，香風吹送苑墻花。明妝共鬥春燈艷，兒女唇紅勝蜀茶。

其　四
輕塵拂袖落香煤，好趁遊人踏月回。傳語深宮共行樂，東方曉色謾相催。

遊偶園和韻二首

鑿沼堆峰野趣幽，茅亭客至倩雲留。青山老去詩人在，千載應追鄴下遊。

其　二
柳陰繫艇似漁村，僧舍編籬槿作門。芳草落花鋪錦繡，遊人隨處好開尊。

詠佛手柑二首

結成佳果出南方，凡品如何鬥色香？儼向祇洹參法席，一拳開閤象空王。

其　二
千林垂實壓橙黃，葉底風翻梵爪長。小閣秋深供素几，如聞庭院木樨香。

歷下別吳平子次韻二首

歷下相逢話昔遊，烟花我自夢揚州。嶧山咫尺君登否？應看秦碑到上頭。

其　二
燕山秋晚塞雲黃，歸去籬邊菊有霜。可憶涵江春水闊，漁莊蟹舍柳成行。

哭鄭哲文四首

十年作客在君家，道上人看擲果車。寂寞雲亭誰載酒？可憐問字失侯芭。

其二
路出虔州隔一霜，故人聞道倏云亡。豈期重到燕山日，先哭元方後季方。

其三
釣魚臺畔夕陽秋，宿草空埋土一抔。地下相逢無俠客，英魂冷落共誰遊？

其四
塵緣久謝已忘情，吟斷寒蛩遶砌鳴。恍惚西窗秋雨夜，美人蕉畔聽彈箏。

晴川修禊二首

客裏佳辰逢上巳，晴川雲物洛川餘。東風柳岸塵吹盡，不待清江爲祓除。

其二
何處邀朋修禊事？漢濱高閣雨晴初。風流江左傳千載，只有蘭亭一紙書。

題何信周孝廉、陳鶴屛中翰江行唱和詩百絕卷後

千里長江送客舟，巴歌楚調雜吳謳。驪珠雙探知誰得？有酒先澆太白樓。

> 雲間徐朧菴選詩風初集，中有秋烟絕句，不知何人作也，誤入予詩，其詩云：淡籠衰柳淺籠山，拂水穿林露未乾。幾度白雲迷渡口，西風吹散一天寒。因笑題一絕，仍和其詩

誰將淡墨寫秋烟，誤向輪山集內編？但使清吟堪共賞，詩傳何用姓名傳？

和秋烟

濃抹輕煤畫遠山，秋林昨夜雨聲乾。扁舟憶在章門路，點破空江一棹寒。

接丁韜汝來書,知秋烟絶句誤入余詩者,乃其舊作,重題一絶奉寄

滇海作書報我知,秋烟拂水是君詩。少陵虢國夫人語,張祜集中卻見之。

跋[1]

　　歲戊辰十月,雁水丁先生重至鄂渚,全以涉江前、後稿就正。是日,忽聞有左遷姚安守之命,從者匆匆,俱有難色。是夜,先生與林子公蘊繙閱予詩,□依唐人命題書官爵例,用蠅頭細字添註,至五鼓始罷,時先生目眚尚未愈也。次日,即欲爲全序而刻之。夫黃山谷之貶黔陽也,即日就道,乃鼾睡之聲聞于户外,論者服其雅量,然此猶無所用其心也。先生乃獨用心于野人無用之篇章,删削不倦,其過古人遠矣。蓋先生在武昌遭叛兵之難,不以□□□心,區區得喪,又焉足動其心哉？先生蒞滇海,作書報我,寄到金陵授梓。梓成,全因誌其始末如此。

　　癸酉孟夏,輪山超全書。

【校記】

　① 題名爲點校整理者所加。

補遺一

清源詩會編

目　錄

序 …………………………………………………………… 林　佶 124

清源詩會編 ……………………………………………… 125
　古體詩 …………………………………………………… 125
　　白紵辭 ………………………………………………… 125
　　行路難 ………………………………………………… 125
　　讀曲歌 ………………………………………………… 125
　　春江花月夜 …………………………………………… 126
　　迎神曲 ………………………………………………… 126
　　擬古 …………………………………………………… 126
　　詠史 …………………………………………………… 126
　　擬阮公詠懷 …………………………………………… 127
　　寶劍篇 ………………………………………………… 127
　　古琴 …………………………………………………… 127
　　秋砧 …………………………………………………… 127
　　覽鏡 …………………………………………………… 128
　　［佚題］ ……………………………………………… 128
　　金臺行 ………………………………………………… 128
　　元夕 …………………………………………………… 128
　　美人梳頭歌 …………………………………………… 128
　　東郊踏青行 …………………………………………… 129

打魚歌	129
早春曲	130
今體詩	130
十一月望後,連夜霜月如晝,不寐有作	130
賦得讀書難字過	130
禊日	130
梅雨	130
拒霜花	131
佛手柑	131
賦得濁醪有妙理	131
長至後,諸同人集東園,開清源詩會	131
賦得今朝臘月春意動	131
紙窗	131
人日次韻	131
賦得春城無處不花飛	132
綠陰	132
重九旬餘菊未開	132
引泉灌花	132
賦得樓觀滄海日	132
水仙花覆硯池香	132
瑞香花	133
水仙花	133
詠烏	133
紫雲寺雙塔	133
荷錢	133
漁火	133

寒夜 …………………………………… 133

霜鐘 …………………………………… 133

新柳 …………………………………… 134

翡翠 …………………………………… 134

寒螢 …………………………………… 134

懷人 …………………………………… 134

聞鐘 …………………………………… 134

平遠臺 ………………………………… 134

山陽笛 ………………………………… 134

十六宮詞 ……………………………… 134

跋 ……………………………… 阮旻錫 136

序

曩在京師,與史局諸公談吾鄉文獻,以爲前明三百年,清源一郡如遵巖、凈峰之文章,虛齋、紫峰之經學,虛江之將略,皆夐絕一代,卓然可傳,獨詩學未見耳。比年來,予數過清源,與輪公阮君游,頗獲與於唱酬。文酒之末,乃知詩學之盛,方萃於今,而君實爲之倡,毋亦風氣之開,固有所待與?君爲前代遺民,晚逃於佛,實鄭所南、謝皋羽之流亞。顧其爲詩,冲微淡遠,一以正始爲宗,無凌厲激亢之音。蓋其胸之所得,有出於文字外者,以此而號呼同人挹揚風雅,固宜其鐘鳴谷應,律呂宣而金石諧,□□□□□有燕臺役,來與君別。因出其頻年詩會之□□□先生所作,先録成集,命予以言。予謂他日傳文苑者,必將取此以續清源之盛事,而君平生之志節,亦必以有表而傳之焉,是在乎後之弆筆承明者矣。

康熙癸未清明後二日,鹿原林佶書於晉江學舍。

清源詩會編

古　體　詩

白　紵　辭

吹鸑笙，擊鼉鼓，吳趨少年越溪女。從朝至暮歌白紵，茂苑春風蘇臺雨。柳態花容舞不休，有人沈醉有人愁，碧天如水月如鉤。

其　二

白紵出自吳女機，裁以作衫雪映肌。爲君起舞雙袖垂，歌脣婉轉聲參差。海水應添宮漏遲，桑田不浸珊瑚枝，東方欲明承露晞。

行　路　難

聽君爲歌行路難，使我當食不能餐。欲溯黃河崖九曲，欲上太行嶺千盤。未若君心中夜戀，崎嶇反覆生波瀾。贈君五彩流蘇之錦帶，解結不成歡。贈君七寶珊瑚之瑤鞭，棄作道傍看。門前咫尺垂楊路，金羈玉勒不廻旋。君不見浮萍逐水根易散，折藕隨風絲暗牽。妾懷君兮，白日西没復東出。君遠妾兮，滄海東流無西還。行路難，歌一曲，勿再彈。

讀　曲　歌

聞歡江上住，只隔半篙水。紅豆種空園，三秋不見子。黃鶯織柳絲，來去不成匹。尚有纏綿意，絲絲暗相結。睡起出空房，纖腰轉無力。頭上墜金釵，雙燕留一隻。歡採紅槿花，儂拾青松子。子落種還生，花落隨流水。

春江花月夜

春月待潮滿,春花夾浪開。春愁辭妾去,春色逐浪來。夜夜江邊月,流光花上臺。

迎神曲

神之來兮風肅肅,我迎神兮鼓淵淵。靈巫降兮傳神語,福鄉邦兮大有年。

擬古

玉律□孟冬,草木久變衰。我念金石交,道阻見無期。燕趙多游俠,鄒魯敦書詩。咸陽多大賈,京雒出名姬。相逢杯酒間,寸心各相知。虞卿辭相如,奔走爲魏齊。侯嬴報公子,竊符卻秦師。古人重信義,今人棄如遺。風雪滿關河,客子常慘悽。身賤既不售,老至將何爲?

其二

高丘出大木,匠石爲躊躇。上枝宜棟梁,下枝宜舟車。棟梁庇風雨,繡錯黃金鋪。舟車歷艱險,摧折混泥塗。本是同枝幹,貴殘(賤)一何殊?人生有遇合,得意無賢愚。斧斤伐天性,智者所不居。漆以割而盡,膏以焚而枯。有才棄不用,深藏乃若虛。知希則我貴,此言良非誣。

詠史

天地似人身,黔首比蟣虱。卵育聚邦族,齰膚吸膏血。眠餐費搔爬,捫掇嫌瑣屑。水火蕩滌之,庶幾盡遺孽(孽)。烘若火燎原,灌如湯沃雪。快哉肢體輕,飄然巾襪潔。吾觀明叔季,流賊饑竊發。闖魁李與張,賊中尤桀黠。秦晉既蹂躪,楚蜀亦殘滅。老弱供斬艾,丁壯留鞭撻。村落悉焚燒,城郭皆毀折。蕭條望中原,人煙已斷絶。汴梁數百萬,一朝爲魚鱉。楚江斷不流,積屍若丘垤。辱僇到王侯,崩陷及宮闕。張角亂漢疆,黃巢覆唐室。雖云上失道,亦由天降罰。

天公寄化權,盜賊操生殺。生齒日以繁,變詐日以出。財用日以空,山川日以竭。不有大驅除,曷覩太平日?嗟予遭劫運,禪虱亦何別?幸免焚溺災,屢值兵戈脫。白首一儒生,至今尚苟活。夜燈讀遺史,窗風助悲咽。

擬阮公詠懷

晨興脂吾車,駕言登高山。山川長自昔,人事多遞遷。風吹古原上,四望飛塵烟。英雄久已没,朽骨蔓草纏。茫茫宇宙內,而我竟何歟?時哉不我與,成名良獨難。

寶劍篇

冷色光芙蓉,百鍊越溪鐵。雷火逐電飛,青蛇隱半截。匣中三尺波,起舞身裹雪。曾斬月支頭,吹毛不染血。持此贈夫君,肝膽兩照徹。

古琴

雷雨破空壁,中有雙鳳飛。美人夜入夢,頎然粲容儀。留下嶧陽質,被以冰蠶絲。規模迫上古,雕斲非今時。項作銀鯿縮,尾爲烏鵲披。輕羅蟬翼繞,文錦蛇腹圍。星徽金點點,榴軫玉垂垂。漆沈瓜綠暗,彩現鈿光微。流落傳來久,咨嗟識者希。美材自難掩,重價世方知。偶有越中客,携來湘水湄。竹榻埽雲净,松窗待月遲。香燒圓鼎細,花插小瓶欹。素袋青綾脫,方床文石支。清泠操古調,掩抑彈新詞。棲烏啼永夜,別鶴戀高枝。曾下雍門淚,頻添墨子悲。簴鐘既云邈,清角不可追。無絃時一撫,元亮真吾師。

秋砧

砧聲何淒淒,少婦閨中啼。砧聲何切切,征夫塞上別。砧聲不可聞,一半是淚痕。秋風敲不斷,聞之愁殺君。我非征戍客,一夜頭堪白。何況遠離鄉,關山千里隔。君看衣上塵,浣故復縫新。誰知蕩子婦,空床無故人?

覽　鏡

少年鏡里顏,春風醉花月。中年鏡裏顏,夜雨江湖闊。而今鏡裏顏,滿頭覆霜雪。回憶少年時,恍惚猶昨日。擾擾百年中,延年正未必。君看鏡中人,勿嫌生白髮。

[佚　題]

(原缺)立心神悸。言尋騎虎翁,寒巖早留蛻。遂宿贊公房,夜深星月大。塵世一浮漚,劫終看石墜。

金　臺　行

買駿買生亦買死,何異禮賢先禮士。一士當前君不知,禮賢請從臣隗始。黃金之臺築已成,目中七十二齊城。後人禮士及屠狗,尚使秦王環柱走。

元　夕 次唐人韻。

金壺清漏咽虬水,桂殿雲開下仙子。良宵第一迓東皇,闌出青娥明鏡裏。春江瀲灧漾銀砂,江上樓臺飛彩霞。攢蕊初蜂釀窠蜜,颭枝嬌鳥啼宮花。四君幸舍三千客,五馬專城十萬家。□□玉勒噴夜香,踆踠爭馳大道傍。婉孌狡童過市戲,輕盈倡女倚門妝。寶髻橫釵斜紫燕,繡襦盤領睡文鴛。裙裏龍蛇書大令,扇中蛺蝶畫滕王。時際清平堪嘆羨,此景廿年少曾見。不謂尋春□晚人,花前重覿春風面。香醪百斛會交親,彷彿華胥夢裏身。璧月珠燈雖似舊,朱門華屋已更新。但愁歌舞隨風散,吹作春郊十里塵。

美 人 梳 頭 歌 次李長吉韻。

匣底犀梳辟□寒,瓶中膏露煎芳檀。雙鬟墜枕釵橫玉,夢裏幽歡貪未足。天雞叫罷蟾移光,催起姮娥下玳牀。解散綠雲半委地,春蔥輕掠絲絲膩。綰就雙龍盤翠色,高髻宮妝賽不得。廻身轉向明鏡前,六曲屏山倚無力。妖嬌不學墮馬斜,嬾馳柳陌飛塵沙。金鈿小貼額黃淡,問郎索插髻邊花。

東郊踏青行

暖風吹雨送寒食,杏蕊褪紅梨葉碧。東郊烟草細如絲,十里春愁織不得。東皇閣上語流鶯,鳳山啼遍杜鵑聲。藕塘波作葡萄緑,驛舍帘垂楊柳青。障泥誰騎玉驄驕,紅妝三五爭聯鑣。踏鞠塲中錦靴蹙,秋千架底湘裙飄。江邊拾翠共馳逐,魂迷雀扇掩香玉。短簫吹徹賣餳天,惟恐嬉春日不足。年年饋上踏青鞋,一年一度城東來。但看酒盞青山暮,人生不樂何爲哉?

打魚歌

當筵欲作打魚歌,我非杜甫空吟哦。水族洲潭窟宅小,浩蕩莫過江與河。大江一瀉滄溟接,長鱣巨鮪連蛟鼉。此物當時能跋扈,網罟所加莫如何。河中之魴擅佳味,食品稱珍亦可致。神靈更有赤鯉公,仙人騎背摩天風。三十六鱗羅腹底,頭角崢嶸化爲龍。其餘瑣屑煩齒頰,蓴羹鱸膾歸興濃。京江五月菖蒲雨,江上鰣魚三尺許。金山落日晚潮回,伐鼓鳴榔萬網舉。錦鱗潑剌銀濤飛,先上官厨貢天府。矢魚于棠何足觀,射魚之罘亦無取。吾聞海爲百谷王,河伯向若空望洋。北溟有魚幾千里,齊諧誌怪非荒唐。吾家近在閩海濱,打魚賣魚盡漁人。東屆澎湖作門戶,南直琉球爲比鄰。截海樹樁張巨網,逆流罩取無潛鱗。百艦千艘相啣尾,羶雨腥風滿街市。相傳海鰍出海東,蒼鬐翠鬣撐虛空。身似山嶽蔽雲黑,眼如日月射波紅。生子三日長萬丈,氣吞大海稱海翁。海東島戶垂涎久,唤集蜑舟分隊攻。利鉤曲鉅長繩繫,乘潮出没尋遺踪。水面倏然浮小嶼,知是此魚游泳處。一標先中魚背傷,千標隨擲魚震怒。負痛飜波寃且驚,舟中魚放牽絲繩。鉤著魚身不可脱,載浮載沉難奔騰。須臾引魚到海岸,屹立如山橫壁斷。雪片肌剖分腹腴,千金價直列肴饌。鋼鏤玉骨兼瓊鬚,製爲器玩人難羨。打魚得此真稀奇,我今畧寫入風詩。先王爲魚才竭澤,戕殘物命當愛惜。

君看腥血滿刀碪,那忍烹來下箸食。魚乎魚乎勿號呼,我亦煙波一釣徒。如今罷釣乘桴去,與爾相忘在江湖。

早春曲

江春暗入東郊早,曉日初晴韶光好。柳絲幾縷颺輕烟,縮住春愁令人老。節過燒燈春晝長,嬉春士女踏春陽。紫陌塵飛嘶叱撥,銀塘波暖戲鴛鴦。廿四花風吹未半,黃鸝枝上數聲喚。春夢沈沈喚不醒,一庭花影閉春院。

今體詩

十一月望後,連夜霜月如畫,不寐有作

影圓光後夜,空水浸寒蟾。霜薄還鋪地,風輕不觸簾。離懷千里共,愁緒五更添。別有相思處,啼烏近畫簷。

賦得讀書難字過

性癖真成嬾,奇書亦偶翻。會心非識字,得意在忘言。小枕春風榻,疏燈夜雨軒。無人長載酒,寂寞閉衡門。

禊日

落花寒食後,芳草暮春初。烟景逢明媚,塵氛自祓除。漫歌少海曲,聊傲蘭亭書。泛艇清江上,當年有敝廬。

梅雨

霏微江上雨,灑向熟梅天。蕙草淒還綠,榴花濕更然。窗昏收卷帙,衣潤費鑪烟。谷口愁雲暗,唯應閉户眠。

拒霜花

秋容煩點染,開處遍江郊。向日分三醉,拒霜含九苞。魚吞波上影,蝶戀粉邊梢。傾蓋殘荷褪,黃花是素交。

佛手柑

露濕兜羅潤,風飜梵爪長。拈花成妙悟,指月現圓光。橘柚分秋色,沈檀共夜香。擎拳自開闔,原像法中王。

賦得濁醪有妙理

獨醒何爲者,沈酣亦偶然。三杯春暖候,一枕晚涼天。涉世分清濁,適時中聖賢。無人通妙理,酒德有遺篇。

長至後,諸同人集東園,開清源詩會

文苑深盟值歲寒,誰標赤幟共登壇?三唐風雅歸天寶,七子才名擅建安。詞客舊分銅雀瓦,歌鬟新界墨絲闌。南園北郭同閩派,付興詩家放眼看。

賦得今朝臘月春意動

晨光欲曙歲時遷,華髮添新語可憐。微暖漸催燒竹夜,輕寒已釀養花天。筍江波縐溶溶水,柘浦林生漠漠煙。不信吾廬春色淡,雨晴遍地是苔錢。

紙窗

雲窗護紙白漫漫,短榻蕭疎過臘寒。栩栩欲醒迷蝶夢,營營求出任繩攢。數聲焦葉風敲亂,半幅梅花月寫殘。稚子偷窺休濕破,先生高卧似袁安。

人日次韻

茗鑪初扇拭香盤,已覺晴光媚曉寒。擔上賣花呼市媼,籠中送菜謝園官。

貼人彩勝香奩巧,辟鬼桃符蓽户寬。來復應知逢此日,相邀莫厭酒杯乾。

賦得春城無處不花飛

漠漠輕烟禁火新,花風催送看花人。開殘紅紫雖如夢,斗盡芳菲尚是春。東郭西郊飄作雨,六街三市化爲塵。繁華惟有侯門盛,飛入歌筵襯錦茵。

綠　陰

空餘煙靄暗窗紗,萬綠陰陰少見花。蟬翼曳枝吟自穩,鶯梭穿葉影偏遮。醉歸苔徑清風滿,棋罷松軒淡日斜。蜂蝶不知春去盡,還尋翠幌過鄰家。

重九旬餘菊未開

重九旬餘菊未開,繞籬黃葉數飛迴。高人空作停雲想,游客漫教冒雨來。十日長吟江畔句,三秋遲醉甕中醅。傲霜休怕寒香晚,一任西風節序催。

引泉灌花

蘭畹含苞菊吐英,引來一派石泉清。分渠曲漾團沙净,遶徑長滋細草生。餘瀝尚霑蔬圃濕,旁流都入藕池平。西窗夜半添新雨,滿院花香報曉晴。

賦得樓觀滄海日

層樓何處堪觀日?憶在岩巉靈鷲峰。山海初分煙漠漠,火金相盪水溶溶。流光直射三天竺,倒影還侵九里松。不見浮雲能壅蔽,珠宮貝闕碧霞重。

水仙花覆硯池香

紫石澄潭映墨鮮,誰沾羅襪玷花鈿。漢宮瓦濕金盤露,越女波凌翠黛煙。染翰新釃湘水曲,摛詞重寫洛神篇。瓷盆竹几明窗護,別有幽香更可憐。

瑞　香　花二首　有簇錦、纏枝二種。

簇錦分房結,寒冬綴雪開。山深人不見,睡醒有香來。

其　二

花氣濃于酒,花容膩勝酥。纏枝團紫顆,夜枕惱人無。

水　仙　花年來泉城海邊叢生甚多,不用種也,至自蘇州者鮮矣。

仙子駐蘇臺,凌波渡海來。至今賣花叟,不用隔年栽。

詠　鳥

楊柳白門下,煙波楚水西。還看迎椑舞,猶憶擇枝棲。

紫雲寺雙塔

誰將白玉塔,置在紫雲屏。插漢擎雙柱,燃燈綴七星。

荷　錢

榆莢飛空後,新荷貼水圓。還疑越溪女,留下賣妝錢。

漁　火

繫舟沙渚傍,敲火燃湘竹。篷底漏疎星,江鱸煮未熟。

寒　夜

倦僕觸屏欹,痴兒踏被裂。尚餘照壁燈,微映侵窗雪。

霜　鐘

夜鐘霜氣重,落月墮林梢。恍似楓橋泊,寒山寺裏敲。

新　柳

漫許嬌鶯織嫩絲,額黃纔染約新眉。東風吹縐湔裙水,想見丫鬟抱立時。

翡　翠

掠水唧魚立釣磯,鮮明翠色刷毛衣。豈知文彩終爲累,不及清江燕子飛。

寒　蛩

露滴銅鋪濕草根,聲聲烟斷正黃昏。吳宮弔月騷人恨,楚舘吟風逐客魂。

懷　人

長途萬里八行書,一別俄驚十載餘。□□□□□最切,霜天曉月鴈來初。

聞　鐘

紫雲寺裏月臺中,兩處鐘聲五夜同。十萬人家敲未醒,耳根誰共證圓通？

平　遠　臺

高臺雄壓海門東,萬里波濤一夜風。吹得滿城堆落葉,朝來有客詠江楓。

山　陽　笛

許徵若命題,悼諸葛元階也。未幾,徵若亦卒。予詩中用嵇呂,殆先讖乎？

晚向山陽道上行,賦中生舊不勝情。當時嵇呂同遊處,今日淒凉聽笛聲。

十 六 宮 詞

高啓有十宮詞,予增爲十六。時代既殊,不能無感慨云。

響屧廊空落葉疎,秋風茂苑老芙蕖。五湖重載西施去,應悔濤江殺伍胥。

補遺一　今體詩

吳宮
　　章華柳絮暗殘春，落日荒臺漢水濱。獨歎□□能諫獵，桃花空祀息夫人。
楚宮
　　三十六年不見休，阿房長鎖翠眉愁。君王歲歲忙巡狩，陪葬驪山已白頭。
秦宮
　　宴坐深宮看畫圖，畫中珠翠眼模糊。那知錯寫桃花貌，却把傾城嫁單于。
漢宮
　　漳水東流各不回，水邊銅雀有高臺。臺中日日猶歌舞，無那西陵松柏哀。
魏宮
　　羊車竹葉院門開，賈女東宮是禍胎。阿妹窺簾韓掾少，絕勝小史上天來。
晉宮
　　飛僊寶帳颭雲根，帖地金蓮更斷魂。珠鈿□□□翠袖，此身端不負東昏。
齊宮
　　狎客酣歌壁月斜，景陽鐘動□髻鴉。青溪妖血枯芳草，爲報高公殺麗華。
陳宮
　　生死偏憐馮淑妃，無愁天子世間稀。平陽報急方遊獵，更請塲中殺一圍。
北齊宮
　　迷樓絲管夢揚州，殿脚司花侍輦遊。萬斛飛螢光照夜，吳公臺下野燐秋。
隋宮
　　蜀道霖鈴一曲新，歸來南内寂無人。梨園子弟銷磨盡，魂夢淒凉覓太真。
唐宮
　　宣華内苑宴酣時，獨有宗王發酒悲。脂粉飄零傭髻墮，内家齊唱醉妝詞。
蜀宮
　　宋家宮掖異隋唐，不遣青娥鬬艶妝。中使夜中宣郭后，瑤華僊禁恨偏長。
宋宮

跋

　　清源之爲詩會也，始于己卯歲仲冬，至辛巳孟春止。會之人一十有六，會之期一十有八，而遠方來者亦與焉。計首末三年中，有繫藉金閨而馳驅皇路者，有離鄉而遠宦天涯者，有千里長途客遊訪舊者，甚至有困于二豎而赴召玉樓者。勝會若此其難，古人興歎，良有以也。予老矣，今冬病起，因檢拙作録爲一篇，醜陋不刪，詩以題存也。夫北郭南園，及吾閩二玄十子，當時佳篇何限？其湮沒不傳者多矣。予非自愛其毛羽也，特以時移事去，欲使後之人知吾泉有清源勝會，而予亦爲會中之一人耳。至于諸公姓氏，則有會詩全本，東園主人收藏以待□刻，故不叙及云。

　　辛巳臘月，輪山阮旻錫書。

補遺二

輯佚

目　錄

序 ·· 140
　籟餘草序 ·· 140
　擊筑集自序 ·· 140
　海上見聞錄定本自序 ·· 141
　曾源昌百花詩序 ·· 142
詩 ·· 142
　還家 ·· 142
　萬安橋 ·· 142
　從蘿庵過上章堂至翠竹窠 ·· 143
　江村雜興二首 ·· 143
　遊泉山 ·· 143
　流香澗 ·· 144
　安溪茶歌 ·· 144
　鷺嶼二首 ·· 144
　幔亭宴曾孫歌 ·· 145
　虎嘯巖 ·· 145
　宿水簾洞 ·· 145
　武夷茶歌 ·· 145

序

籟餘草序

憶與鄭子嘯歌萬石之峰，蓋十餘年矣。庚子夏，避地東山樓，閱春而樓毀。鄭子好藏三代鼎彝、秦漢金石及宋元名人墨迹，盡火於樓，無餘也，而予藏書數千卷亦與焉。兩人因相視而笑，鄭子曰："吾尚有餘者存。"蓋指其詩草也。夫鄭子乙酉歲游榕城，有《三山草》，歸而開萬石禪林，有《萬石巖草》，又匯其近集，題以《心籟》，然皆火於樓矣。近學余善病，事參苓，而心獨不爲物役，復記其前後集爲《籟餘》。予亦未知其所餘何事，然既謂之餘，則視吾一身中，有爪甲、涎涕、毛髮、鬚眉焉餘矣，而耳之聽，目之視，口鼻之味與臭，亦莫非餘也。況人間之爲聲，爲色，爲歌舞，爲戰鬥，爲悲秋、愉快、怨恨、思慕，何適而非餘？悟所謂餘，方將離形氣以游清虛，親性靈而辭塵垢，又焉有物餘於吾心之内哉？雖然，餘者因其至足而命之也，不足於内而無餘，則足於内而爲有餘矣。間嘗觀日月星辰、山嶽河海，以至崖谷雲飛、汀渚霜落，知爲天地餘也。草朝花、木秋實，鳥現魚潛，百獸昆蟲相與叫號游走，知爲山川餘也。大而頡之書、夔之樂、姬公之禮制，小而扁之治病，曠之治律，良之御，庖之牛，秋之弈，知爲聖賢餘也。鄭子不餘於物而餘於心，其著爲經時之略、處世之宜，皆心餘也。又散而爲溪山之秀麗、亭閣之參差，收而爲筆墨之離奇、技能之工巧，天地所有、古今所傳，將無餘矣。予方思竊其餘以備藏書之闕，至其所以爲餘，則予固深思之而未得，鄭子亦不能以其所得而共之於人也夫。

道光《廈門志》卷九《藝文略·序》

擊筑集自序

《擊筑集》者，阮子客燕作也。阮子自丙午入都，計六易寒暑矣。然歲丁未，則自燕而返閩，戊申則復自燕而走豫。故斷自己酉到下爲《擊筑集》也。

夫燕爲召公所封國，《二南》篇章播於雅樂，先王之教澤存焉。迨乎燕昭下士，子丹養客，而後椎埋屠狗之夫，接踵於燕，而風爲之一變。雖不軌於正乎，要之，輕死生、重然諾，往往以身許人，君子猶有取焉。然自漢至今，毋論召公之化邈乎難追，而所云感慨悲歌之士，間亦未嘗一遇，豈非世遠人湮，山川如故，而九原不可復作歟？然則擊筑之思，亦猶懷古之志也。或曰：筑，商聲也，子之近作，其聲於商爲近。然耶？否耶？因並識之，以俟知者。

道光《厦門志》卷九《藝文略·序》

海上見聞録定本自序

以兩島彈丸之地，奉遺明正朔而控天下之兵，議戰則互有勝負，議和則終無定局。方且海外稱王，別開疆土，傳及三世，歷年三十有七。此古來史册所未有之事，而不可使泯滅無傳者也。顧記事之事，難得其實。生同時，居同地，身同事，自不失真。若耳之所聞，則或不無差誤，況以疎逖之人，身在事外，耳目有限，文檄無徵，而欲取信於天下後世，難矣！

是當吾世，吾能言之，此書之作，又烏可已乎？蓋余家海上，少年游俠，亦常身踐戎馬之場。中年浮沉里閈，思欲隨事抄録，以備遺忘，而因循多故，未遑執筆。迨海山破後，棄家行遁，奔走四方，留滯燕雲二十餘載，因稍記憶，草就《海上見聞録》一册。曰見，則目所親睹；曰聞，則就其人目所親睹者而聞之，或得諸退將宿卒，或得諸故老遺民，俱確然有據。但其間事有缺漏，而歲月或失於後先，尚當補訂。是以藏之篋笥，未敢示人。

庚戌春，老歸舊里。意當時同事諸君必有所記録，而耆舊凋殘，無可尋訪。搜求數載，乃得先藩户官都事楊英所記《海上實録》二本，至先藩壬寅年止。文字猥雜，固不足論，而鋪排失實，即余所親見數事已自不同，他可知矣。然其以日繫月，細事偏詳，不可廢也。又得《海記》一本，不著作者姓名，但妄仿綱目，掛一漏十，謬處亦多，然記嗣藩癸卯以後事頗悉，似是海上幕客曾住臺灣者所作，亦可並存也。余因取舊本，附以新聞，合二編而重訂之，名曰《海上見聞録定本》。以前録爲未定之書,今始定也。其紀之以年月日者,使事有次第,可以按而考之也。事之瑣屑者不載,恐其煩也;人之無關係者不書,恐其雜也;不寓褒貶者,身非史官也;不置議論者,天下事談何容易也。言雖無文,然據事直書,使兩島三十七年之故實,了然在目,不至久後湮滅。故不敢自比孫盛《晋陽秋》之書,□頭直筆不改,亦不同洪覺軒《野録》,記燭影斧聲以滋後人之惑,庶後之作史者欲以傳信,於是編尚亦有采焉。

歲丙戌六月朔日,八十叟輪山夢菴書。

阮旻錫:《海上見聞録定本》,福建人民出版社,一九八二年版

曾源昌百花詩序

明季,吾島中楊能玄先輩咏花鳥、佳人詩各以百計,今概失傳矣。余前歲追和《百花詩》,諸公繼之,而曾君幼泉和成五律,余爲之序。去冬,幼泉抄得霞漳陳小融先生《美人詩百咏》,復和以五律,珠聯璧合,觀止矣。

李禧:《紫燕金魚室筆記》,北京廣播學院出版社,一九九五年版。
該文記序言後有"超全自稱八十八叟序,作於甲午歲"之語

詩

還　家

盡室遯江村,乍歸未識路。卻問路旁人,爲指門前樹。癡兒各長成,有弟亦同住。病妻久卧牀,淹淹迫歲暮。獨客苦思鄉,還鄉如客寓。二親掩重泉,凄清感霜露。回首望禾江,舊廬杳無處。信宿不遑安,又復出門去。沈德潛評:向於京口見無名氏詩,有"萬里是鄉家是客,三冬披葛夏披綿"句,寫盡作客情事,讀此詩尤覺黯然。

録自清沈德潛《國朝詩別裁集》卷七

萬　安　橋

白虹飲大江,偃卧長不起。何用祖龍鞭,橫跨東海水。巨石駕蛟宫,飛欄翼

雁齒。巍然忠惠碑，詳哉歲月紀。醋字或訛傳，後人詫神鬼。壯觀甲中州，亨途通萬里。詩書鄒魯匹，江山洛陽似。倦客謾留題，且食蠣房美。

錄自清陳榮仁、龔顯曾《溫陵詩紀》卷二

從蘿庵過上章堂至翠竹窠

已捨泛曲舟，遠尋蘿庵路。境幽自忘疲，陟巇險屢度。鼓子標一峯，亂峯各奔赴。迤邐過章堂，領要得佳趣。泠泠翠竹窠，梅花開滿樹。飛錫有道人，掛瓢喜同住。崚嶒三仰峯，武夷最高處。此爲萬山中，仙靈所羣聚。碧霄古洞深，遊客多卻步。我欲一躋攀，連朝苦風雨。日夕坐山樓，凄然感歲暮。

錄自董天工《武夷山志》卷之十五，陳榮仁、
龔顯曾《溫陵詩紀》卷二亦載此詩。署名僧超全

江村雜興二首

我愛清溪好，遂卜清溪居。野人不相識，時還過我廬。尊酒相勞問，醉後談詩書。朗誦秋水篇，一字不留餘。溪東亦可樵，溪西亦可漁。眷言春山裏，與子同荷鉏。

其二

處身濁世內，中懷鬱不舒。蟄龍苦屈曲，泛泛羨飛鳧。生不逢商周，焉敢慕唐虞？名位世所重，道德信爲虛。丈夫志四海，何妨轍跡殊？胡爲自掩抑，戚戚無歡娛？負鼎與射鉤，千載有同符。我心固如此，我意方躊躇。沈歸愚曰："撫己閱世，一往乖忤。無陶淵明之安和，有王仲宣之慷慨。"

錄自清陳榮仁、龔顯曾《溫陵詩紀》卷二

遊泉山

曉上清源山，崔巍俯天半。緩步憩飛亭，從容恣遐觀。春潮帶城郭，茫茫無溪岸。石面迸清泉，圓光細如彈。鳥雀不敢污，嘉名茲山冠。絕頂洞門開，僊人留蛻館。遺容巾履新，塵世滄桑換。至今蟒穴腥，陰風吹不散。日落羣峰低，烟

光相凌亂。下睇嶺雲深,來踪恐隔斷。

録自清陳榮仁、龔顯曾《溫陵詩紀》卷二

流 香 澗

山雨初晴溪尚霧,澗底流香花滿樹。稜稜石齒咽寒泉,耳畔濤聲喧不住。道人指引挈瓶來,欲試雨前花上露。天柱峰高暝色深,芒鞋歸踏蒼苔路。

録自清董天工《武夷山志》卷十五。署名僧超全。
清陳榮仁、龔顯曾《溫陵詩紀》卷二亦載此詩

安 溪 茶 歌

安溪之山鬱嵯峨,其陰長濕生叢茶。居人清明采嫩葉,爲價其賤供萬家。邇來武夷漳人製,紫白二毫粟粒芽。西洋番舶歲來買,王錢不論憑官牙。溪茶遂倣巖茶樣,先妙後焙不爭差。真僞混雜人瞶瞶,世道如此良可嗟。吾衰肺病日增加,蔗漿茗飲當餐霞。仙山道人久不至,井坑香澗路途賒。江天極目浮雲遮,且向閒園掃落花,無暇爲君辨正邪。

録自清陳榮仁、龔顯曾《溫陵詩紀》卷二

鷺　　嶼二首

新築江干舍,吾宗舊子孫。別來予已老,亂後爾猶存。白鶴先人壟,金雞舅氏村。百年思故土,漂泊竟何言。

其　　二

遥天鴻影斷,獨立數歸鴉。日暮空城角,春深廢圃花。生還猶過客,老至已無家。極目煙波外,難尋海上槎。

録自清陳榮仁、龔顯曾《溫陵詩紀》卷二。詩共四首,
本書卷五以《過鷺門庚申歲》爲題輯録其中二首

幔亭宴曾孫歌

空山夜吐中秋月，天漢無聲纖靄絶。仙人此夜宴曾孫，彩霞爲幔垂瓊闕。飛駕虹橋跨上清，三十六峯如掌平。曾孫侍坐半黄髮，觥籌交錯雜簫笙。人間那得千日酒，今宵一醉何時醒？仙家眷屬寧復戀，鄉土難忘别有情。虹橋斷後音塵杳，仙村寂寞居人少。石火電光兩不停，金鷄唱徹幔亭曉。

録自清董天工《武夷山志》卷八。署名僧超全

虎嘯巖

溪南行數里，山谷轉幽深。有時得平曠，仄徑亦屢尋。過橋近虎嘯，絶壁俯青岑。層洞列廬舍，從無風雨侵。野衲容憩足，遊人生隱心。洞前得舊址，荆棘遍墙陰。陵谷多遷徙，龍象久銷沉。亂離嘆自昔，昇平幸至今。焉得重剪闢，仍開衹樹林？閒坐白雲裏，時聞鐘磬音。

録自清董天工《武夷山志》卷八。署名僧超全

宿水簾洞

萬古空山雨，終年不肯停。豈知雙瀑水，高映一簾青。噴雪疑藏寶，因風類瀉瓶。境幽人跡少，向夕洞門扃。

録自清董天工《武夷山志》卷十五。署名僧超全

武夷茶歌

建州團茶始丁謂，貢小龍團君謨制。元豐敕制密云龍，品比小團更爲貴。元人特設御茶園，山民終歲修貢事。明興茶貢永革除，玉食豈爲遐方累？相傳老人初獻茶，死爲山神享廟祀。景泰年間茶久荒，喊山歲猶供祭費。輸官茶購自他山，郭公青螺除其弊。嗣後巖茶亦漸生，山中藉此少爲利。往年薦新苦黄冠，遍采春芽三日内。搜盡深山粟粒空，官令禁絶民蒙惠。種茶辛苦甚種田，耘

鋤采摘與烘焙。穀雨期屆處處忙,兩旬晝夜眠餐廢。道人仙客資爲糧,春作秋成如望歲。凡茶之產視地利,溪北較厚溪南次。平洲淺渚土膏輕,幽谷高岸烟雨膩。凡茶之候視天時,最喜天晴北風吹。苦遭陰雨風南來,色香頓減淡無味。近時製法重清漳,漳芽漳片標名異。如梅斯馥蘭斯馨,大抵焙得候香氣。鼎中籠上爐火温,心閑手敏工夫細。巖阿宋樹無多叢,雀舌吐紅霜葉醉。終朝采采不盈掬,漳人好事自珍秘。積雨山樓苦晝閒,一宵茶話留千載。重烹山茗沃枯腸,雨聲雜沓松濤沸。

録自清嘉慶《崇安縣志》卷二《物產》

校 點 後 記

阮旻錫(一六二七—一七一二),字疇生,號鷺島道人、夢庵、輪山夢庵,晚年出家後法號超全,明代福建泉州府同安縣嘉禾里(今廈門)人。阮旻錫是民族英雄鄭成功儲賢館的成員,又是明末清初閩南著名的史學家、學者和詩人。一生著作甚豐,方志所載其詩文著作的書目,共計有三十餘種。如《四書測》、《易闕疑》、《粵滇紀略》、《金剛經説》、《續佛法金湯》、《杜詩三評》、《聞見録》、《談道録》、《唐人雅音集》、《唐七言律式》、《夢庵長短句》、《清源詩會篇》、《同和東坡韻詩》、《燕山紀游》、《夕陽寮文稿》、《夕陽寮存稿》、《夕陽寮詩稿》、《夕陽寮詞》、《慧庵唱和》、《韻選》、《輪山詩稿》、《幔亭游稿》、《夕陽寮詩論》、《詩韻》、《嘯草》、《擊筑集》、《涉江詩鈔》、《弈鑒》、《小學音韻》、《海上見聞録定本》、《阮疇生詩》等。這些著述大部分遺佚,此前所見者唯有其晚年編纂的《海上見聞録定本》,今爲研究鄭成功的重要編年史料。有些作品散見於清乾隆二十五年(一七六〇)沈德潛所編的《國朝詩別裁集》,光緒年間陳榮仁、龔顯曾所編的《溫陵詩紀》,近人所編的《明遺民詩》,以及《福建通志》、《廈門志》等方志文獻。因此,這影響了後人對阮旻錫這樣一位歷史人物的全面瞭解,當然,更談不上對他的思想境界和詩文的評價。

近年,何丙仲先生在廈門民間發現了阮旻錫詩《夕陽寮詩稿》的孤本。通過對這部詩集的閱讀,有助於瞭解阮旻錫充滿傳奇的一生。阮旻錫生於明天啓七年(一六二七),自幼在廈門西庵宮讀書,"通《魯論》"、"誦《毛詩》",並且精文習武,堪稱"少年游俠",很早就"泛海求贏餘以養母"。鄭成功起師抗清後,阮旻錫投其麾下,先是被推薦到廣東參加鄉試(永曆三年,一六四九),繼而加入了鄭成功的儲賢館(永曆九年,一六五五)。從詩集中的《旅懷一百韻》,得知他"憶昔壯年泛巨洋……飄入鬼國等兒戲",也即參與了鄭成功的海上貿易。

康熙二年(一六六三)十一月,清軍攻陷金、厦兩島。阮旻錫逃出虎口,開始其一生顛沛流離的生涯。從文圃山下的中孚村,經安溪、長樂,一六六六年冬,阮旻錫終於輾轉來到北京,由抗清鬥士變成了明末遺民。在北京,除了鄭泰的後裔以及施琅、丁煒等閩南籍旅京官宦、文士以外,阮旻錫還結交了沙定峰、董蒼水等一批著名的遺民詩人,時常唱和,以詩歌抒發對故國和家鄉的眷念之情。康熙二十二年(一六八三)八月,施琅攻臺。九月二十七日,阮旻錫傷心至極,遂到燕山太子峪的觀音庵剃髮出家。從此,阮旻錫正式成爲"遺民詩僧"。兩年後,年届花甲的阮旻錫離京投奔時在湖北當官的丁煒(字雁水),康熙二十八年(一六八九)來到南京,"買屋城南青溪之上",以"夕陽寮"爲齋名。康熙三十三年(一六九四),時年六十八歲的阮旻錫回到廈門,開始致力於《海上見聞錄定本》的編撰,在八十歲高齡時完成了這部重要史書。

現存《夕陽寮存稿》爲木刻本,共十二卷,分爲三册。第一册(卷一、卷二)已遺佚,所剩兩册,包括"卷三七言古詩上"、"卷四七言古詩下"、"卷五五言律詩上"、"卷六五言律詩下"、"卷七七言律詩上"、"卷八七言律詩中"、"卷九七言律詩下"、"卷十排律"、"卷十一五言絶句"、"卷十二七言絶句"。版心刻"夕陽寮詩稿",而每卷的卷首則題"夕陽寮存稿。同安阮旻錫疇生著,温陵丁煒澹汝閱"兩行文字。書後有康熙三十二年(一六九三)阮旻錫的題跋,稱這兩部詩稿爲其"涉江前、後稿",後來爲何改變書名,其原因待考,刊刻時間當爲阮旻錫題跋的時間或稍後一兩年。全書總共收録從康熙二年(一六六三)到康熙三十二年三十餘年間阮旻錫的各體詩作五百六十五首。此次校點整理,以這部清刻本《夕陽寮詩稿》爲底本,並附以泉州市圖書館館藏的《清源詩會編》(書爲阮旻錫唱酬詩集,今有紅蘭館鈔本,與《召叟詩録》、《介山詩存》合爲一册),以及若干篇阮旻錫散佚的詩文,作爲"補遺"之一、之二。

据雷夢辰《清代各省禁書匯考》載，阮旻錫的《夕陽寮存稿》被列入乾隆四十二年（一七七七）六月十五日浙江省巡撫三寶奏準銷毀的書目中。現存《夕陽寮詩稿》爲孤本，由點校者自校。謬誤之處自是難免，望讀者指教。

編　者

二〇一八年五月

圖書在版編目(CIP)數據

夕陽寮存稿/(清)阮旻錫著;何丙仲點校.—北京:商務印書館,2018
(泉州文庫)
ISBN 978-7-100-16442-9

Ⅰ.①夕… Ⅱ.①阮… ②何… Ⅲ.①古典詩歌—詩集—中國—清代 Ⅳ.①I222.749

中國版本圖書館CIP數據核字(2018)第172605號

權利保留,侵權必究。

責任編輯　閆海文
特約審讀　李夢生

夕陽寮存稿
(清)阮旻錫　著

商務印書館出版
(北京王府井大街36號　郵政編碼100710)
商務印書館發行
山東鴻君傑文化發展有限公司印刷
ISBN 978-7-100-16442-9

2018年9月第1版　　　開本705×960　1/16
2018年9月第1次印刷　印張10　插頁2
定價:58.00元